Der Mann mit den Eiern

Ein erotischer Roman -

Humorvoll, Spritzig und Frivol

von

Kurt von der Heide

Das Zimmer war nicht groß, aber zweckmäßig und geschmackvoll eingerichtet. Von der Tür aus gesehen links, stand an der Wand ein Schminktisch.

Ein Stück weiter an der Außenwand gab es zwei Fenster. Das heißt, momentan waren diese von zwei schweren, weißen und mit Gold verzierten Vorhängen verdeckt.

An der rechten Wand, nur 50cm neben der Tür beginnend, stand ein großer Kleiderschrank, dessen ganze Front aus Spiegelglas bestand. Die Wände waren in verschiedenen Grau- und Brauntönen gestrichen, was sehr gut zueinander passte.

Der ganze Raum war mit einem dicken hellen Teppich ausgelegt. Jeder der darüber ging, sank etwas darin ein. Direkt gegenüber vom Spiegelschrank stand das Bett. Mit den Maßen von 200cm x 200cm war es eine sehr schöne Spielwiese. Direkt über dem Kopfende des Bettes hing in der Mitte ein extra großes Bild mit der nackten Venus.

Rechts und links vom Kopfende des Bettes stand jeweils ein kleines Schränkchen mit einer Lampe darauf.

In dem Überbau war ein CD-Player eingebaut. Leise Musik war zu hören. Vier Strahler waren an der Decke angebracht. Einer leuchtete die Venus an, die anderen drei das Bett. Sie konnten bestimmt grelles und helles Licht verbreiten, aber jetzt bewirkten sie eine warme und angenehme Helligkeit.

Etwas Besonderes gab es aber noch: Die Kopfkissen hoben sich durch ihr königliches Blau deutlich vom Rest des Zimmers ab. Bettdecke und Laken schienen aus weißer Seide zu sein. Darauf abgebildet waren Männer und Frauen in verschiedenen Stellungen beim Liebesakt.

Auf der Bettkannte saß ein junger Mann. Er hatte eine sportliche, durchtrainierte Figur und dunkelblonde, fast schulterlange Haare. Auf seiner Stirn waren kleine Schweißperlen zu sehen, denn mit seinen blauen Augen sah er gebannt auf eine Frau, die drei Schritte vor ihm stand und dabei war sich auszuziehen!

Sie entkleidete sich nicht einfach so. Nein, sie entblätterte sich regelrecht, langsam und mit lasziven Bewegungen! Die Frau hatte hellblonde, kurze Haare, braune Augen und hätte mit ihrer Figur jeden Stein zum Schmelzen gebracht.

Barfuß und zu allem bereit, stand sie vor ihrem Freund. Die beiden kannten sich seit sechs Wochen und heute würden sie das erste Mal Sex haben! Sie hatten natürlich schon ausgiebig geknutscht und ihre Hände auf Erkundung geschickt, aber mehr auch nicht.

Die junge Frau war 22 Jahre alt und wusste, wie sie mit ihrem Aussehen auf die Männerwelt wirkte! Dadurch hatte sie viele sehr schlechte Erfahrungen gemacht und sich diesmal Zeit gelassen mit dem ersten Mal. Ihr Freund wartete geduldig und überließ die Entscheidung ihr. Die Frau spürte – diesmal ist es der Richtige. Er war der Mann, der sie wirklich liebte und nicht nur ihren Körper wollte!

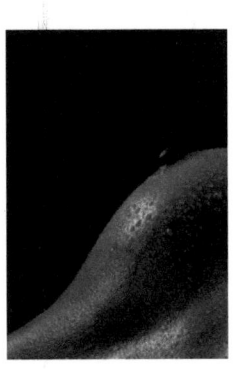

Deswegen wollte sie ihrem Gegenüber belohnen und etwas ganz Besonderes bieten! Der Mann auf dem Bett dachte gerade: *„Nun fang doch endlich an und zeig mir, dass es sich gelohnt hat so lange auf dich zu warten!"*

Als ob sie seine Gedanken erraten hätte, fing seine Freundin an, die Knöpfe an ihrer weißen Bluse zu öffnen – langsam und einen nach dem anderen. Der Freund konnte keinen Blick von ihren Händen wenden. Die Bluse saß nämlich hauteng und war auch ein wenig durchsichtig. Der Busen und die großen Brustwarzen zeichneten sich sehr deutlich darunter ab.

Die junge Frau war jetzt beim letzten Knopf angekommen. Mit der rechten Hand knöpfte sie auf und mit der linken hielt sie das Oberteil so zusammen, dass nur die Ansätze ihrer Brüste und der Bauchnabel zu sehen waren.

Sie wartete einen Augenblick, dann ließ sie ihre Bluse auseinander klaffen und bedeckte ihren Busen blitzschnell mit beiden Händen. Was ihr aber bei dieser tollen Oberweite nur notdürftig gelang. Die Frau bot wirklich eine großartige Show und es sollte noch sehr viel besser kommen! „Mach die Augen zu!" forderte sie ihren Freund auf.

Der gehorchte widerwillig. Sie zog sich schnell die Bluse aus und warf sie ihm über den Kopf. Dann drehte sie sich um und der Mann konnte, nachdem er die Bluse abgeworfen hatte, ihren nackten Oberkörper von hinten bewundern.

Er neigte seinen Kopf zur Seite und konnte so ihren nicht gerade kleinen und wohlgeformten Busen in dem Spiegelschrank bewundern. Seine Freundin sah das natürlich und begann ihre Brüste zu streicheln und zu kneten. Die junge Frau presste ihre Halbkugeln zusammen, nahm die Nippel zwischen Daumen und Zeigefinger und drückte sie vorsichtig. Die beiden waren so groß und hart, wie es nur möglich war und jede Berührung löste einen beinahe unerträglichen Alarm zwischen ihren Beinen aus.

Jetzt begann die Frau langsam ihren schwarzen Minirock auszuziehen. Sie schob ihn langsam über Po und Oberschenkel nach unten. Sie beugte sich dabei weit nach vorne, so dass ihre Brüste auch nach unten hingen. Der knackige Po, bedeckt mit einem weißen Panty, kam Stück für Stück zum Vorschein, bevor ihre makellosen Beine komplett zu sehen waren. Nachdem der Rock ihre Knie erreicht hatte, ließ sie ihn einfach fallen.

Ihr Freund wurde immer unruhiger. *„Dieses raffinierte Weib! Die hat es wirklich drauf! Da hat mir ihr Ex-Freund doch die Wahrheit gesagt!"*

Seine Freundin richtete sich auf und drehte sich langsam um. „Hier bist du richtig!" stand auf dem Panty zu lesen – mit einem Pfeil nach unten. Sie sah ihrem Freund in die Augen und begann langsam das Höschen auszuziehen. Doch sie hielt inne, nachdem gerade der Ansatz ihrer Scham zu sehen war.

Mit der rechten Hand begann sie wieder ihre Brüste zu liebkosen, während die Linke in die Hose glitt. Mit geschlossenen Augen und leicht geöffneten Lippen genoss sie ganz offensichtlich die auf und ab Bewegungen ihrer linken Hand!

Ihr Freund wusste nicht, was er davon halten sollte. *„Verdammt"*, dachte er. *„Macht sie es sich jetzt vor meinen Augen selber? Sie muss doch wissen, dass ich es kaum noch erwarten kann, sie zu vernaschen!"*

Seine Freundin konnte scheinbar Gedanken lesen, denn sie hörte auf, sich zu streicheln. Aber nur, weil sie merkte, dass sie kurz vor einem Orgasmus stand. Das wollte sie aber nicht, denn ein Höhepunkt hervorgerufen durch ein Glied in ihr, war immer die bessere Alternative.

Die junge Frau machte einen Schritt auf den Mann zu, blieb aber außerhalb seiner Reichweite stehen. Sie änderte jetzt ihre Taktik und zog nun mit einem Ruck ihr Höschen herunter und ließ es fallen. Gespannt beobachtete sie die Reaktion ihres Freundes.

Als dieser sie nun nackt vor sich stehen sah, musste er alle Kraft aufbringen, um sich nicht seine Sachen vom Leib zu reißen und sofort über sie herzufallen. Seine Freundin war wirklich wunderschön. Wenn es den perfekten und makellosen Körper wirklich gab, dann gehörte ihrer auf jeden Fall dazu!

Die junge Frau war zwischen den Beinen rasiert und die geschwollenen Schamlippen glänzten vor Nässe. Ihr Busen, ihr Unterleib, ihr ganzer Körper sehnte sich nach Erlösung, nach Befriedigung. Aber noch war sie nicht da wo sie hin wollte und beherrschte sich, auch wenn es ihr sehr schwer fiel.

Die Frau trat nun dicht an ihren Freund heran. Der begann ihre Brüste zu massieren und ließ dann eine Hand in ihr Tal der Lust wandern. Zwei seiner Finger glitten in die nasse Spalte zwischen den Schamlippen und fanden sofort was sie suchten – eine große, harte Klit!

Seine Freundin genoss diese Liebkosungen einen Augenblick, dann schlug sie ihm spielerisch auf die Hände und meinte: „Hände weg, noch bin ich dran!"

Mürrisch und überrascht gehorchte er. Die junge Frau begann sein Hemd aufzuknöpfen und es ihm auszuziehen. Dann kniete sie sich vor ihm hin und saugte an seinen Brustwarzen. Der Mann musste tief Luft holen und krallte sich förmlich an der Bettdecke fest. Nach wenigen Augenblicken, die ihm wie eine Ewigkeit vorkamen, erhob sich seine Freundin. Das dabei ihr Busen, wie durch Zufall, sein Gesicht berührte, machte es für ihn nicht leichter.

Die Frau trat einen Schritt zurück und gab die Anweisung: „Steh auf und zieh deine Hose aus!" Nichts lieber als das! In Rekordzeit lag seine Jeans neben ihm auf dem Teppich. Als er auch seinen Slip herunterziehen wollte, wurde er von seiner Freundin gestoppt.

„Halt, das will ich machen!" Denn das, was sich da wölbte, schien etwas Besonderes zu sein und es würde bald ihr allein gehören. Die junge Frau musste schlucken und jetzt war sie es, die sich mit aller Kraft zurückhalten musste, um nicht über ihren Freund herzufallen.

Ihm einfach seinen Slip herunter zu reißen und seinen sportlich durchtrainierten Körper ganz zu besitzen. Sie trat ganz nah an ihn heran und legte ihre Hand auf die Wölbung. Ihrem Freund traten noch mehr Schweißperlen auf die Stirn, als er um seine Selbstbeherrschung kämpfte.

Der junge Mann wusste sich aber zu wehren. Ganz schnell schob er zwei Finger in ihre Spalte, die dann ohne Probleme sofort darauf in ihrer zu allem bereiten und nassen Höhle verschwanden. Seine Freundin fing an zu stöhnen, machte dann aber einen Schritt zurück, so dass seine beiden Finger ihr Spiel beenden mussten.

Schwer atmend, was ihre Brüste in Bewegung versetzte, und mit einem funkeln in ihren Augen sagte sie zu ihrem Freund: „Bleib so stehen, ich werde dir jetzt deinen Slip ausziehen. Aber behalte deine Hände bei dir!"

Der Mann brachte nur ein unverständliches Gemurmel hervor, was die Frau als Zustimmung auslegte. *„Was hat dieses Biest denn jetzt noch vor? Die hat wirklich viel zu bieten! Sie kann aber von Glück reden, dass ich es heute Morgen mit ihrer besten Freundin so lange getrieben habe, bis wir nicht mehr konnten. Sonst hätte ich ihr schon gezeigt, wer hier der Chef ist!"*

Von diesen Gedanken ahnte seine Freundin natürlich nichts. Sie kniete nieder, strich mit ihren Händen über die Innenseiten seiner Oberschenkel und arbeitete sich langsam nach oben. Beim Slip angekommen packte sie rechts und links in den Bund und zog ihn langsam herunter.

Doch nur soweit, bis die Spitze seines Gliedes so frech war, sich aus seinem Versteck hervor zu wagen. Sie beugte sich vor und hauchte einen Kuss auf die rosarote Spitze. Ihr Freund zuckte zusammen wie unter einem Peitschenhieb. Die Frau sah zu ihm hoch – und zog mit einem Ruck den Slip ganz herunter. Dass der dabei zerriss, störte beide nicht.

Sie freute sich, dass sie sich über die Größe seines besten Stückes nicht getäuscht hatte und dass er auch rasiert war. Die junge Frau nahm sein Glied zwischen beide Hände und ließ diese daran hoch und runter gleiten.

„Hör sofort auf, sonst geht mir gleich einer ab!" sagte er auf einmal zu seiner Freundin. Die tat zwar um was er sie gebeten hatte, aber sie machte etwas anderes. Die junge Frau beugte sich vor und presste seinen Penis an die Wange. Sie spürte die Hitze des pulsierenden Gliedes.

Die ersten Lusttropfen benässten ihre Wange und sie spürte seine Not den Orgasmus zurück zu halten. Aber auch sie konnte sich nicht mehr beherrschen und wollte nur noch seinen heißen Spieß in sich spüren.

Die Frau richtete sich auf und stand jetzt nur noch Zentimeter vor ihrem Freund. Sie spürte seinen Atem, die Hitze seines angespannten, verschwitzten Körpers – und sein Glied, das gegen ihren Bauch drückte.

Die beiden sahen sich in die Augen, ihre Lippen fanden sich und die Zungen schienen sich nicht mehr voneinander lösen zu wollen. Die Fingernägel der Frau krallten sich in seinen Rücken, während sein Hände ihren Po kneteten. Das Stöhnen der Zwei wurde immer lauter, die Gier den Körper des anderen ganz zu besitzen, steigerte sich.

Die junge Frau gab ihrem Freund ein Stoß. Der fiel mit dem Rücken auf das Bett und blieb so liegen. Seine Freundin nahm die Einladung an und setzte sich auf ihn. Langsam ließ sie sich auf seinen großen Ständer herab. Ihre nasse Höhle nahm ihn gierig auf.

„Das fühlt sich so gut an!" kam es laut stöhnend von dem Mann – mehrmals!

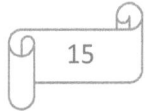

Sie fing an zu reiten, erst langsam und dann immer schneller werdend, während er versuchte ihre wippenden Brüste mit seinen Händen einzufangen. Doch das aufgestaute Verlangen der beiden war so groß, dass er sich nach wenigen Augenblicken ganz tief in ihr entlud.

Das war zu viel für seine Freundin. In dem Moment, als er seinen Höhepunkt erreichte, quetschte er ihre Brüste und besonders die Nippel so fest, dass auch die junge Frau einen phantastischen Orgasmus hatte. Sie war viel lauter, als sie von diesen Wellen überrollt wurde und schrie und schrie... „Wilhelm"

...Wilhelm, wach endlich auf du Langschläfer! Es ist schon 7:00 Uhr und du musst dich noch um die Eier kümmern!"

Wilhelm saß jetzt kerzengrade im Bett und sah seine Mama mit halboffenen Augen an. Noch ein „Wilhelm" weiter und die Bettdecke wurde ihm weggezogen.

„Du Schmutzfink, du Lustmolch, du Ferkel, was machst du da?" die Stimme von seiner Mama Roswitha überschlug sich regelrecht. Ihr Sohn wusste nicht wie ihm geschah.

Wilhelm war erst 22 Jahre alt bzw. jung. Seine dunkelblonden Haare ließ er etwas länger wachsen. Seine 190 cm Körperlänge waren von Kopf bis Fuß durchtrainiert und mit seinen blauen Augen sah er stets freundlich in die Welt. Seit vier Jahren arbeitete Wilhelm im Schichtbetrieb in einem Fitnessstudio, so als Mädchen für alles. Schon seit dem fünfzehnten Lebensjahr ging er zum Judotraining.

Er war immer hilfsbereit und freundlich, hatte vor niemanden Angst, aber Mama war etwas Besonderes. Gegen Mama kam Wilhelm nicht an, was vielleicht auch damit zusammen hing, dass er ein Einzelkind war. Vor zwölf Jahren war sein Vater Friedhelm gestorben.

Mama Roswitha erzog ihren Sohn bis zum heutigen Tag mit größter Strenge und hatte ein wachsames Auge auf ihn. Was wiederum zur Folge hatte, dass Wilhelm noch niemals eine Freundin, oder gar Sex gehabt hatte!

Die Hand war fest um seine Morgenlatte, seinen Ständer, seinen Steifen, seinen Harten gelegt. „Pfui", Wilhelm versuchte sich selber zur Raison zu bringen und sprach in Gedanken mit sich selbst. *„An solche schmutzigen Wörter denkst du doch auch sonst nicht! Das ist eine normale Erektion deines Gliedes und sonst gar nichts!"*

Doch so normal war das nicht, wie Wilhelm jetzt merkte. Seine Hand war nass – und seine Hose auch! Ihm war einer abgegangen, er hatte gespritzt, seinen Saft abgepumpt. Nein, nicht schon wieder solche schmutzigen Wörter – er hatte ejakuliert. Ungewollt, unkontrolliert und deshalb sehr beschämend!

Seine Mama Roswitha starrte auf die immer noch enorm große Beule und den immer größer werdenden Fleck in seiner Hose. Wilhelm nahm erst jetzt die Hand von seinem Steifen und versteckte sie gleich hinter seinem Rücken, denn sie war über und über mit Sperma besudelt.

„Wie oft habe ich dir gesagt, dass das, was du da gerade gemacht hast, schädlich für deine Figur und deine Gesundheit ist?" Roswitha ekelte sich davor, die Sache beim Namen zu nennen. „Schau mich an! Einmal habe ich diesem schmutzigen Kram nachgegeben. Willst du aussehen wie ich?"

Roswitha war klein und ziemlich korpulent. Hinter ihrem Rücken konnte man sie ohne Gewissensbisse als fett bezeichnen, Hauptsache sie hörte es nicht. Das kam aber garantiert nicht von der **schmutzigen Sache**. Dieser hatte sie sich natürlich mehr als einmal hingegeben. Aber dann ganz anständig, nur im Dunkeln und nur in der Missionarsstellung. Als dann feststand, dass Roswitha schwanger war, wurde **diese Sache** natürlich sofort eingestellt.

So hatte sie sich erfolgreich davor gedrückt, jemals auch nur einen Orgasmus zu haben. Selbstbefriedigung war eine schmutzige und verbotene Sache. Dadurch, dass sie so abstinent gelebt hatte, war sie auch wieder zur Jungfrau geworden. Davon war sie felsenfest überzeugt!

Nein, Wilhelm wollte natürlich nicht wie seine Mama aussehen! Er war stolz auf seinen Körper und ging auch im Fitnessstudio immer wieder an die Geräte, wenn er dafür Zeit hatte.

„Ich habe nicht bemerkt, was ich da gemacht habe. Ich muss geträumt haben", versuchte er sich vor Mama zu rechtfertigen.

„Was das für ein Traum gewesen ist, sehe ich", giftete Roswitha zurück. Sie war immer noch aufgebracht. Mit solchen Sachen sollte sich ihr Sohn in seiner Hochzeitsnacht beschäftigen, das war dann früh genug! Wilhelms Mama hatte nämlich bemerkt, dass er in letzter Zeit immer häufiger mit so einem, einem Dings da in der Hose herumlief. Aber das würde sie schon in den Griff bekommen!

„Sieh zu, dass du unter die kalte Dusche kommst, das wird dir helfen, dich zu beruhigen! Dann kümmere dich um die Hühner und gib ihnen zu fressen, damit sie bald nach draußen kommen. Wenn du anschließend die Eier einsammelst, dann sei gefälligst vorsichtig! Du hast diese Woche schon drei Stück zerquetscht, das ist bares Geld!"

Wilhelms Mutter drehte sich um und wollte das Zimmer ihres Sohnes verlassen. Sie blieb aber noch einmal stehen und sah ihn über die Schulter an.

„Deine Hose wäscht du alleine. Die fasse ich nicht an, mit diesem Dreck darin! Igitt!"

Jetzt verschwand sie wirklich und ging nach unten in die Küche, um das Frühstück zu bereiten.

Wilhelm tat was ihm aufgetragen worden war. Er duschte eiskalt, kümmerte sich um die Hühner und sammelte die Eier ein. Seine Mutter und er wohnten in einem kleinen Dorf nur 1,5km vor den Toren einer kleinen Stadt mit ca. 50000 Einwohnern.

Seine Familie hatte über Generationen einen kleinen Hof besessen, aber schon Wilhelms Opa hatte angefangen, den Hof Stück für Stück zu verkaufen, da die Familie alleine von der Bewirtschaftung nicht leben konnte. Sein Sohn Friedhelm hatte das fortgesetzt, so dass nur noch die Gebäude geblieben waren und eine riesige Wiese als Auslauf für die Hühner.

Die Leute aus dem Dorf kamen, um bei ihnen Eier zu kaufen und auch in der nahen Stadt gab es Kunden, die anriefen, wenn sie Nachschub brauchten. Roswitha hatte sich nach und nach immer mehr Hühner angeschafft, um der Nachfrage Herr zu werden. So tummelten sich mittlerweile 70 glückliche Hühner und zwei Hähne auf dem Hof und der Wiese. Auf dem Weg zur Arbeit lieferte Wilhelm die Eier aus.

Auch im Studio verkaufte er ab und zu eine Packung Eier von „glücklichen Hühnern". So war sein Spitzname entstanden: **der Mann mit den Eiern!**

Es war ein heißer Sommertag und Wilhelm musste erst um 14:00 Uhr im Studio sein, er hatte die undankbare Spätschicht.

Nachdem er die paar aufgetragenen Arbeiten erledigt hatte, frühstückte er mit seiner Mama. Das war eine schweigsame Angelegenheit, denn Roswitha war immer noch sauer auf ihren Sohn und der traute sich nicht, das Schweigen zu brechen.

Wilhelm musste hinterher noch einige Arbeiten auf dem Hof erledigen. Er tat das in kurzer Hose und mit nacktem Oberkörper, da es schon sehr warm geworden war.

Auf einmal kam ein roter BMW auf den Hof gefahren, es war Frau Schmitz. Sie war eine sehr attraktive Frau und Anfang vierzig, die in unregelmäßigen Abständen Eier kaufte. Sie stieg aus und mit einem freundlichen „Guten Morgen" in Richtung Wilhelm, ging Frau Schmitz zur Haustür und klingelte. Sie wusste ganz genau, wer als Chef das Sagen hatte. Roswitha war in der geöffneten Haustür erschienen, begrüßte Frau Schmitz und die beiden gingen hinein.

Heute war aber etwas anders als sonst, denn die Beifahrertür des BMW öffnete sich und ihre Tochter Heike stieg aus.

Wilhelm war sehr überrascht, als die Autotür geöffnet wurde, denn bis jetzt war Frau Schmitz immer alleine gekommen. Darum blieb er stehen und sah sich die Person genauer an, die da gerade ausstieg. Vielleicht hätte er das lieber nicht tun sollen!

Die hübsche, erst zwanzigjährige Tochter von Frau Schmitz, war wegen der Wärme sehr luftig gekleidet. Ein blauer Minirock und ein weißes Top waren alles, was ihren Körper an den nötigsten Stellen gerade bedeckte.

Als Heike ausstieg waren zuerst natürlich ihre makellosen Beine zu sehen. Der Minirock rutschte noch höher und gab den Blick frei auf Regionen ihres weiblichen Körpers, die normalerweise züchtig verdeckt sein sollten. In Heikes Fall wurde ihr Venushügel durch einen String Tanga eher betont als verdeckt!

Sie ging lächelnd auf Wilhelm zu und tastete dabei mit ihren Blicken seinen muskulösen Körper von oben bis unten ab. Heike wusste von ihrer jüngeren Schwester, die ab und zu in das Fitnessstudio ging in dem Wilhelm arbeitete, dass er ein sehr schüchterner und introvertierter junger Mann war. Gerade das aber war es, was ihn für Heike so interessant machte!

Da sie keinen BH trug, zu Hause lagen sowieso nur zwei viel zu kleine in irgendeiner Schublade, wippten ihre Brüste bei jedem Schritt hoch und runter. Heikes Top endete praktisch direkt unter dem Busen. Es lag nicht eng an, sondern war weit und luftig geschnitten. Wenn sie beide Arme hochheben würde, dann könnte jeder ihren nackten und wunderschönen Busen bewundern.

Heike war regelrecht verliebt in ihre beiden prallen weiblichen Attribute. Sie widmete ihren Brüsten genauso viel Aufmerksamkeit, wie andere junge Frauen in ihrem Alter dem Schminken. Ihr Busen wurde mehrmals täglich gewaschen, gecremt, massiert und mit Duftöl verwöhnt.

Einen festen Freund hatte Heike nicht. Sie mochte die Abwechslung. Beim Sex liebte sie es, wenn die Männer ihre Brüste ausgiebig massierten und mit den Spitzen ihrer steifen Glieder gegen ihre harten Nippel drückten. Es kam vor, dass sie es ihrem Sexpartner zur Bedingung machte, am Ende auf ihren Busen zu spritzen. Wenn sie dann mit dieser besonderen Creme ihre Halbkugeln massierte, war das für sie fast so gut wie ein Orgasmus!

Wilhelm sah die Gefahr auf sich zukommen. Diese hübsche junge Frau in dem superkurzen Minirock. Die wippenden Brüste und dann dieser Einblick beim aussteigen aus dem Auto – das war zu viel für den jungen Mann.

Die Beule in seiner Hose war schon wieder genauso groß, wie heute Morgen im Bett! Was also tun? Wilhelm drehte sich um und flüchtete in den Hühnerstall.

Dass er dabei Heike aber genau in die Hände spielte, konnte er nicht wissen! Indem er sich umdrehte, musste er sich der jungen Frau ganz zwangsläufig einmal kurz von der Seite zeigen. Der Steife in Wilhelms Hose zauberte ein fast diabolisches Lächeln in Heikes Gesicht. Ihre Brustwarzen fingen an hart zu werden und im Unterleib machte sich ein Ziehen bemerkbar.

Sie hatte schon seit drei Tagen keinen Sex mehr gehabt. Das war für andere Frauen nichts schlimmes, aber für Heike war das fast schon ein Grund an ihrem Aussehen und/oder der Männerwelt zu zweifeln!

Wilhelm hatte sich in das Halbdunkel des Stalls zurückgezogen – in die hinterste Ecke. Verzweifelt suchte er Arbeit, um sich abzulenken, denn er schämte sich.

Schon wieder hatte er so eine verdammte Erektion! Was sollte er bloß machen, wenn diese hübsche Frau, er kannte Heike ja nicht, zu ihm in den Stall kam und mit dieser Beule in der Hose sah?

„Hoffentlich bleibt sie draußen", dachte er und als er ihre Schritte näher kommen hörte: *„Bitte, bitte, komm nicht herein!"* Aber sein Wunsch erfüllte sich nicht.

Wilhelm tat, als wäre er sehr beschäftigt, obwohl er nur irgendwelche Gegenstände von einer Ecke in die andere räumte und dabei extra mit dem Rücken zur Tür stand. Er hatte die junge Frau trotz allem nicht hereinkommen gehört und zuckte zusammen als er von ihr freundlich angesprochen wurde.

„Guten Morgen, Wilhelm. Ich bin Heike, die älteste Tochter von Frau Schmitz. Du kennst mich noch nicht, aber meine Schwester Sarah kommt ab und zu ins Fitnessstudio und hat mir erzählt wie freundlich und hilfsbereit der Mann mit den Eiern immer ist. Ich wollte die Gelegenheit nutzen um dich auch kennen zu lernen."

Nun musste Wilhelm sich umdrehen, ob er wollte oder nicht.

Am liebsten wäre er im Erdboden versunken. „Hallo, Heike", antwortete er mit hochrotem Kopf kaum verständlich. Da er einen ganzen Kopf größer war, als seine neue Bekanntschaft, sah er zu ihr hinunter. Wilhelm brachte es aber irgendwie fertig ihr nicht in die Augen zu sehen. Gleichzeitig versuchte er mit beiden Händen seine große Wölbung zu verdecken

„Schön, dich kennen zu lernen", erwiderte Heike und hielt ihm die Hand zur Begrüßung hin. Sie war schon ein kleines, raffiniertes Biest. Als wohlerzogener junger Mann, ergriff dieser automatisch die dargebotene Hand.

Nur – jetzt fehlte seine Rechte natürlich als Schutz vor seiner verbeulten Hose. Heikes Augen saugten sich daran fest und sie fuhr sich mit der Zunge über die Lippen.

„Oh, was ist denn das? Geht es dir nicht gut?" fragte sie scheinheilig und doch irgendwie mitfühlend. Bei einem anderen Mann wäre sie natürlich nicht so vorgegangen. Doch sie wusste aus Erzählungen ihrer Schwester und von anderen Freundinnen, wie unendlich schüchtern und zurückhaltend Wilhelm gegenüber Frauen war. Dabei hatte er das doch gar nicht nötig, denn er sah wirklich blendend aus!

„Es ist nichts Besonderes, es tut nur ein bisschen weh", gab Wilhelm schüchtern zur Antwort. Das war auch nicht gelogen, denn sein Steifer war jetzt so groß und hart, dass es wirklich schon weh tat.

„Ich glaube, deine Mutter hat gerade nach dir gerufen", mit diesem kleinen Trick hoffte er, Heike sofort wieder los zu werden. Das ging aber nach hinten los – im wahrsten Sinn des Wortes.

Heike wusste genau, dass sie nicht von ihrer Mutter gerufen worden war, trotzdem drehte sie sich um und tat so, als würde sie nach draußen horchen. Dabei geriet sie scheinbar ins strauchlen und fiel rückwärts gegen Wilhelm.

Dessen steifer Bengel bohrte sich in ihre Pobacke, denn seine Hände, die ja bis jetzt seinen Harten irgendwie beschützt hatten, griffen automatisch nach vorne, um Heike festzuhalten.

Seine linke Hand legte sich um ihren Oberarm, aber die Rechte bekam ihren Arm nicht zu fassen, sondern glitt weiter nach vorne und umfasste die rechte Brust von Heike, das war natürlich keine Absicht! Die junge Frau blieb bewegungslos stehen und Wilhelm hielt die Luft an.

Ganz langsam nahm Heike die Hand von Wilhelm, sie lag bis jetzt auf dem Top, und führte sie darunter. Seine Hand lag jetzt auf ihrem großen, nackten Busen und zitterte! Jeder andere Mann wäre nun mit Begeisterung angefangen, die Brust zu streicheln, zu kneten oder die Nippel zu bearbeiten – nicht aber der junge Wilhelm!

Heike wartete nur einen kurzen Augenblick und drehte sich um, wobei sie in Kauf nahm, dass Wilhelm ihren Busen natürlich loslassen musste. Doch dafür presste sich sein Steifer jetzt gegen ihren Unterleib und löste dort eine kleine Überschwemmung aus! Heike musste sich beherrschen, um ihrem Gegenüber nicht die Hose herunter zu reißen und zu vernaschen.

Stattdessen zog sie ihr Top hoch und legte ihre tollen Möpse frei. „Ich habe zwei von den Dingern und du hast zwei Hände..." Erwartungsvoll sah sie Wilhelm an, doch der stand nur mit rotem Kopf vor ihr und rührte sich nicht.

Normalerweise war sie es gewohnt, dass die Männer spätestens jetzt die Initiative ergriffen und ihre beiden Halbkugeln bearbeiteten und verwöhnten. Aber hier war alles anders.

Die junge Frau hatte so manchen schüchternen Mann schon ausgelacht. Doch hier spürte sie, dass sie ganz anders vorgehen musste. Heike war auch etwas irritiert, denn sie fühlte sich auf eine unerklärliche Art zu Wilhelm hingezogen.

Langsam und beinahe zärtlich nahm sie seine beiden Hände und legte sie auf ihre Brüste. Dem jungen Mann liefen dicke Schweißperlen von der Stirn. „Streichel meine beiden Kugeln, knete sie und spiele mit den Brustwarzen", forderte Heike leise von Wilhelm.

Dieser kam der Aufforderung nach und gleichzeitig presste sie ihren Venushügel noch intensiver an seinen Steifen. Der junge Mann hatte seine Scheu etwas abgelegt und begann ihren Busen zu bearbeiten, genauso wie Heike es verlangt hatte.

Sie begann schneller und heftiger zu atmen, denn das, was diese Massage in ihrer Lustspalte auslöste, war kaum noch zu ertragen. Die junge Frau wünschte und sehnte sich nach Erlösung. Jedoch wusste Heike, dass sie sich zurückhalten musste.

Sie fasste mit einer Hand an seine Beule und sagte leise: „Ich werde dir helfen, damit es nicht mehr so weh tut!"

Sie ließ ihre Hand hochgleiten und mit beiden Händen gleichzeitig zog sie die kurze Hose ein Stück herunter. Nicht ganz, nur soweit, dass der große Meister Priab aus seinem Versteck hervorschnellen konnte.

Heike nahm seinen Stab zärtlich in die rechte Hand und erschauderte. Nicht nur weil sie jetzt ein heißes und pulsierendes Stück Fleisch in der Hand hatte, sondern auch, weil Wilhelm unter Stöhnen ihre Brüste zusammendrückte und einfach nur noch festhielt.

Die Erregung der jungen Frau steigerte sich fast bis zur Explosion. Automatisch fing sie an, seinen Steifen mit der einen Hand zu verwöhnen und tauchte mit der anderen in die Nässe ihrer Spalte ein und streichelte ihre Knospe.

„Bitte nicht", fing Wilhelm verzweifelt an zu stöhnen. „Bitte hör auf, sonst, sonst...", stotterte er. Heike war klar, was er mit „sonst" meinte, denn die ersten Lusttropfen liefen an seiner Eichel herunter.

Sie ging etwas in die Hocke, weswegen er ihre Brüste loslassen musste, jedoch sollte das nur zu seinem Vorteil sein. Heike ging nämlich nur soweit runter, bis sein Steifer und ihre Möpse auf gleicher Höhe waren.

Sie führte sein bestes Stück an den Nippel ihrer linken Brust und presste es fest dagegen. Das war genug für die junge Frau. Sie streichelte noch zwei Mal kräftig über ihren Kitzler und erreichte ihren Höhepunkt.

Ein Schauer der Wollust durchzog ihren Körper, sie verkrampfte sich während die Wellen des Höhepunktes von ihr Besitz ergriffen. Heike biss die Zähne zusammen, damit sie nicht laut und unkontrolliert ihre Lust hinausschrie.

Während zwei Finger ihrer rechten Hand so tief wie möglich in ihren Honigtopf stießen, ließ die junge Frau Wilhelms Steifen los und krallte sich mit dieser Hand an seinem Oberschenkel fest, um das Gleichgewicht zu halten.

Obwohl total erregt, wusste dieser nichts mit der Situation anzufangen. Die hübsche Frau, auf die Wilhelm herab sah, zeigte alle Anzeichen der Lust und war dabei so seltsam am stöhnen, wie er es noch zuvor gehört hatte. Dabei hatte sie eine Hand in ihrem knappen Tanga und machte die gleichen Bewegungen wie er selber an diesem Morgen im Bett und sowas machte man doch nicht – wie er von Mama gelernt hatte.

Heikes Orgasmus ebbte ab und sie beruhigte sich langsam.

Obwohl sie sicher war, dass sie nur wenige Augenblicke brauchen würde um noch einmal zu kommen, konzentrierte sich die Frau jetzt auf den notleidenden Mann vor ihr.

Heike sah zu Wilhelm hoch und dieser starrte schwer atmend und mit großen Augen auf sie herunter. Sie lächelte ihn mit glänzenden Augen an. „Das hat gut getan, aber ich konnte wirklich nicht länger warten. Ich brauchte diesen Orgasmus! Wenn du nichts dagegen hast, werde ich mich jetzt um dich kümmern! Darf ich machen, was ich will?"

Heike wartete die Antwort nicht ab – es gab auch keine! Während ihres Höhepunktes wurde sein Harter unkontrolliert gegen ihren Busen gepresst. Jetzt nahm sie ihre triefend nasse rechte Hand aus der Scheide und salbte sein pochendes Glied mit den körpereigenen Säften.

Sie nahm Wilhelms bestes Stück fester in die Hand und umkreiste mit der feuchten Spitze erst die eine und dann die andere Brustwarze. Die beiden Nippel waren so groß und hart wie sie nur sein konnten und reizten seinen Bengel bis auf das Äußerste. Aber auch Wilhelm hielt es nicht mehr aus. Mit einem: „Ich kann nicht mehr!" kam er zum Höhepunkt.

Auch ohne diese Worte merkte Heike, dass ihr Sexpartner soweit war. Sein Glied begann zu pumpen und scheinbar noch härter zu werden. Der Saft spritzte in Intervallen heraus und sein Steifer wurde von Heike zärtlich so gelenkt, dass er sein Sperma über beide Halbkugeln verteilte.

Sie wandte keinen Blick von dem zuckenden und spuckenden Schaft. Als Wilhelm sich dann verausgabt hatte, nahm sie sein Glied, legte es zwischen ihre Möpse und begann mit einer sanften Massage.

Erst jetzt sah sie wieder hoch zu ihrem „Opfer". Der junge Mann stand da mit geballten Fäusten und blutig gebissenen Lippen! Heike spürte, dass dieses für sie harmlose erotische Abenteuer für ihn etwas ganz besonderes war. In ihr keimte ein bestimmter Verdacht auf.

Sie erhob sich aus der Hocke, ließ sein immer noch in voller Größe stehendes Prachtstück los und trat einen halben Schritt zurück. Was Heike dann tat, löste bei Wilhelm nur ungläubiges Erstaunen aus.

Sein Saft hatte sich mittlerweile über ihren ganzen Oberkörper verbreitet, bis hinunter in ihren Bauchnabel. Seine Partnerin begann mit dieser ganzen lebensspendenden Flüssigkeit ihre Brüste zu massieren. Dabei ließ sie Wilhelm nicht aus den Augen, um seine Reaktion zu beobachten. Heike beschloss ein großes Wagnis einzugehen.

Sie nahm Wilhelms Hände und legte sie auf die beiden Halbkugeln.

Er zuckte sofort zurück, als er die nassen Brüste berührte. „Mach doch weiter und massiere die beiden Kugeln. Ich finde das so schön", bat sie ihn leise. Wilhelm begann sehr zögerlich, doch er lernte schnell und massierte, knetete und streichelte den Busen zärtlich.

Heike stöhnte und genoss die Massage mit geschlossenen Augen. Als er dann auch noch die Nippel zwischen Daumen und Zeigefinger zwirbelte, revangierte sie sich und nahm seinen Steifen in beide Hände und verwöhnte ihn gekonnt.

Doch nur kurz, denn die Massage der Nippel bewirkte, dass sie noch einmal kam. Nicht so heftig und intensiv wie beim ersten Mal, aber es reichte aus, dass Heike sein Glied losließ und Wilhelm um den Hals fiel, um ihn zu küssen.

Der wurde davon total überrascht und bekam beinahe einen Hustenanfall, als ihre Zunge sich den Weg in seinen Mund bahnte. Die junge Frau ließ von ihm ab, sah ihm in die Augen und fragte leise: „Wie war es für dich? Hat es dir auch gefallen?"

Die ganze Zeit hielt Wilhelm ihre Brüste fest in seinen Händen und sein Steifer drückte gegen ihren Bauchnabel.

„Ich, ich, ja, es, es war schön", stotterte er. „Aber so etwas macht man doch nicht ohne verheiratet zu sein, sagt Mama! Außerdem macht man es nur im Dunkeln, um den Partner nicht mit dem Anblick eines nackten Körpers in Verlegenheit zu bringen."

Heike war sprachlos und normalerweise hätte sie jetzt laut losgelacht, aber irgendetwas hielt sie zurück. Stattdessen fragte sie vorsichtig, obwohl sie die Antwort schon ahnte: „Wann hattest du das letzte Mal Sex?"

Gefühlt dauerte es ewig, bis Wilhelm kaum verständlich antwortete. „Nie, ich hatte noch nie Sex! Mama sagt, das macht man nur, wenn man verheiratet ist. Außerdem habe ich gegenüber Frauen große Hemmungen."

In diesem Augenblick hörten die beiden Frau Schmitz laut rufen: „Heike, wo bist du? Ich will fahren!" Die zwei im Stall zuckten zusammen. Die gerufene gab Wilhelm noch einen Kuss und trat soweit zurück, dass er ihre Brüste loslassen musste. Sie rückte ihr Top zurecht, damit ihr Busen wieder bedeckt war. Wilhelm selber bot immer noch einen interessanten Anblick mit der halb heruntergezogenen Hose und einem Glied, das scheinbar nicht klein zu kriegen war.

Heike streichelte noch einmal zärtlich über seinen Steifen und meinte: „Du bist ein erwachsener Mann und hast keinen Grund so schüchtern zu sein. Auch Mütter haben nicht immer recht, wie ich aus eigener Erfahrung weiß."

Sie gab ihm noch einmal einen Kuss und verabschiedete sich mit den Worten: „Ich komme wieder und zeige dir, was du bis jetzt alles versäumt hast!" Heike drehte sich um und ging zu Tür. Sie kam gar nicht auf die Idee, dass Wilhelm etwas dagegen haben könnte – er hatte es auch nicht.

Sie machte nur wenige Schritte, dann drehte sich Heike wieder um, hob noch einmal ihr Top und gönnte Wilhelm einen abschließenden Blick auf die immer noch vor Feuchtigkeit glänzenden Halbkugeln. „Die beiden Möpse und ich freuen uns schon auf das Wiedersehen mit dir und deinem besten Stück!"

Das meinte sie auch ehrlich. Heike hatte sich vorgenommen, Wilhelm alles beizubringen, was ein erwachsener Mann wissen und können sollte um eine Frau beim Sex glücklich zu machen. Sie dachte dabei auch an ihr Vergnügen, aber sie fühlte sich auch sehr zu ihm hingezogen.

Das wiederum war etwas, das Heike schon leicht irritierte, dieses „hingezogen fühlen". Das tat sie mit einem Schulterzucken ab und schob es auf ihre neue Rolle als „Lehrerin" – noch.

Roswitha stand in der Haustür, während ihre Mutter wartete schon beim Auto wartete. „Was hast du denn im Hühnerstall gemacht?" wollte diese wissen, als ihre Tochter beim Auto ankam. „Wilhelm war so nett und hat mir gezeigt, welche Arbeit er mit den Hühnern hat", gab Heike schlagfertig zur Antwort. „So, so", meinte Frau Schmitz bevor sie sich ins Auto setzten. Sie kannte ihre Tochter genau und warf einen zweifelnden Blick auf ihren noch immer vor Nässe glänzenden Oberkörper.

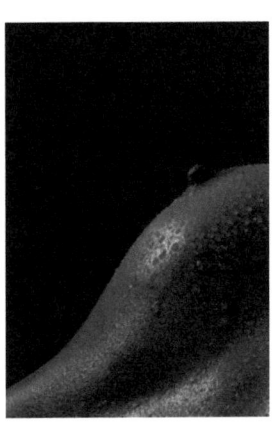

Kaum waren Frau Schmitz und ihre Tochter vom Hof gefahren, lief Mama Roswitha, so schnell es ihr Körperumfang es zuließ, zum Hühnerstall.

Ihr Sohn Wilhelm hatte die Abfahrt von Mutter und Tochter durch das einzige Fenster des Hühnerstalls beobachtet. Er hatte zwar seine Hose wieder hochgezogen, aber seine Erektion verschwand erst, als er seine Mutter über den Hof kommen sah.

Seine Mama kam herein und wollte gleich mit ihm Klartext reden, wie man so schön sagt, doch blieb sie abrupt stehen, als sie sah, dass ihr Sohn stark schwitzend am arbeiten war. „Was machst du da?" wollte sie wissen. „Ich räume hier endlich mal auf", bekam sie zu hören. „In einer halben Stunde ist das Mittagessen fertig und dann musst du los und vor der Arbeit auch noch Eier ausliefern."

Wilhelm nickte nur. Roswitha drehte sich um und ging ins Haus zurück. Sie verstand die Welt nicht mehr, genauer gesagt sich selbst. Sie wollte ihren Sohn etwas ganz anderes fragen und ihm für die Zukunft verbieten, mit einer jungen Frau alleine in den Stall zu gehen. Warum sie von ihrem Vorsatz abgewichen war, konnte sich Roswitha nicht erklären.

Wilhelm schwebte auf Wolke sieben! Das eben erlebte war so neu, so schön - so verboten. Wenn er die Augen schloss, sah er Heike vor sich, mit allem was sie zu bieten hatte. Für ihn völlig unüblich, gab er einem leeren Futtereimer voller Übermut einen Tritt.

Er flog gegen ein altes Wagenrad, das schon seit ewigen Zeiten an der Wand hing. Dadurch fiel das Rad herunter und blieb im Boden stecken. Es versank sogar bis zur Hälfte darin. Wilhelm stutzte, wie konnte ein Wagenrad bis zur Hälfte im Boden versinken?

Er ging hin und wollte es hochheben, doch er brauchte schon etwas mehr Kraft dafür, als er sich vorgestellt hatte und es gab ein seltsam knackendes Geräusch. Es bildete sich ein Loch, dessen Seitenränder nachgaben und einfielen.

Wilhelm sah sich das näher an. Er bückte sich und konnte eine kleine Holzkiste sehen, durch deren morschen Deckel sich das Wagenrad gebohrt hatte. Er räumte das restliche Holz beiseite und konnte jetzt sehen was darin lag. Es war ein altes DIN-A 5 Schreibheft!

Wilhelm nahm es vorsichtig heraus. Das Heft war nicht beschriftet und er fing an zu blättern. Es war die Schrift seines Vaters!

„Wilhelm, nun komm endlich! Das Essen ist gleich soweit und du musst noch duschen!" Seine Mutter holte ihn in die Wirklichkeit zurück. Er füllte das Loch mit irgendwelchen Dreck und Stroh, und stellte den Eimer darauf. Dann steckte er sich das Heft so in seine Hose, dass er hoffen konnte, es vor seiner Mama zu verbergen.

Wilhelm hatte Glück, denn Roswitha ging zurück in die Küche. Er gelangte ungesehen in sein Zimmer und versteckte das Heft unter der Matratze seines Bettes. Er wollte darin lesen, wenn er von der Arbeit wieder nach Hause kam. Der junge Mann konnte nicht wissen, dass der heutige Tag noch mehr Überraschungen für ihn bereit halten sollte.

Nachdem Wilhelm die bestellten Eier abgeliefert hatte, erschien er pünktlich im Fitnessstudio und löste die Kollegin Sabrina ab. Seine Aufgabe war es an diesem Tag, in erster Linie an der Theke zu bedienen, zu kassieren und manchmal in der Herrenumkleide nach dem Rechten zu sehen.

Wilhelm war in der ersten Zeit ziemlich unkonzentriert. Das war ja auch kein Wunder, bei dem was er heute alles erlebt hatte. Er tippte manchmal verkehrte Preise ein oder es gab Probleme mit dem Drucker. Zum Glück hatte er in den Jahren gelernt, mit Kasse, Computer und Drucker umzugehen.

Zu Hause gab es kein Internet, auch keinen Computer, nicht einmal ein Handy. Wilhelm hatte sich alles, was er wusste, damals in der Schule und später hier an seinem Arbeitsplatz angeeignet.

Eine Veränderung an sich selber, nahm der junge Mann schon deutlich wahr. Er bekam keinen roten Kopf mehr, wenn die Männer schmutzige Witze über Frauen machten, oder sich über das Aussehen einer Frau unterhielten. Das Gleiche galt natürlich umgekehrt, denn auch die Frauen waren nicht zimperlich.

Ein altes Ehepaarsitzt wie immer gemeinsam beim Frühstück auf der Terrasse. Auf einmal holt die alte Frau aus und versetzt ihrem Gatten einen Haken, dass es ihn rückwärts von seinem Gartenstuhl haut.
Eine Weile ist es still, dann fragt der Alte verwundert: "Wofür zum Geier war denn das?"
Sie antwortet: "Für 45 Jahre schlechten Sex!"
Er sitzt grübelnd auf seinem Stuhl. Nach einer Weile steht er auf und haut ihr dermaßen eins auf die Glocke, dass sie samt Stuhl von der Terrasse fliegt.
"Warum hast du das getan?", schreit sie ihn an.
Er antwortet: "Woher kennst du Schlampe den Unterschied zwischen gutem und schlechtem Sex?"

***

Warum ist Sex mit der Lehrerin besser als mit der Krankenschwester?
Die Krankenschwester sagt: "Der nächste bitte!" und die Lehrerin sagt: "Wir wiederholen das Ganze!"

***

"Mutti, ich habe gesehen, was Papa mit der Nachbarin gemacht hat. Zuerst hat er sie ausgezogen, dann hat sie seine Hose aufgemacht, dann hat er sie geküsst und dann ..."
"Ich hab jetzt keine Zeit", unterbricht sie ihn, "das kannst du nachher alles auf Papas Geburtstagsfeier erzählen."
Als die Gäste versammelt sind, legt Max los: "Papa war vorhin bei der Nachbarin. Zuerst hat er sie ausgezogen, dann hat sie seine Hose aufgemacht, dann hat er sie geküsst und dann ... äh, Mutti, wie heißt das Ding, das du immer in den Mund nimmst, wenn Onkel Erwin zu Besuch kommt?"

An diesem Nachmittag war nur wenig los in dem Fitnessstudio und Wilhelm war froh darüber. Es wurde 17:35 Uhr, eine Zeit, die für den jungen Mann immer eine besondere Bedeutung haben würde. Denn um diese Uhrzeit betrat **sie** das Studio und kam direkt zur Kasse.

Wilhelm stand gerade mit dem Rücken zum Eingang, weil er ein paar Gläser in die Regale einsortierte. „Ich möchte gerne ihr Angebot für 4 Wochen zum Kennenlernen in Anspruch nehmen." Allein die Stimme, sanft, melodisch und erotisch, bewirkte, dass sich Wilhelm sofort umdrehte und dabei beinahe noch ein Glas umschmiss.

Als er die Frau sah, von der diese Worte gesprochen worden waren, war er sprachlos und zu keiner Bewegung fähig. Vor ihm stand eine bildhübsche, junge Frau und zwar die Frau, die er in seinem Traum in der vergangenen Nacht gesehen hatte. Der einzige Unterschied war, dass sie schulterlange, rote Haare und grüne Augen hatte.

Wilhelm starrte die Frau einfach nur an und brachte kein Wort heraus. Die stand vor ihm, mit T-Shirt und Trainingshose bekleidet. Ihre Sporttasche hatte sie über der Schulter hängen.

Sie stand vor ihm und lächelte ihn an. „Auf meinen vorläufigen Mitgliedsausweis können Sie den Namen Alessya McGray eintragen."

Wilhelm fing einen Blick aus diesen grünen Augen auf, der ihm durch und durch ging. Mit zittrigen Händen tippte er den Preis in die Kasse ein und füllte anschließend den Ausweis aus. Dadurch erfuhr der junge Mann auch, dass die Frau 20 Jahre alt war und erst vor kurzem in sein Nachbardorf gezogen war. Als er Alessya dann den Ausweis überreichte und dabei ihre Hand berührte, ging eine Art Stromschlag durch seinen Körper und Wilhelm war augenblicklich in Schweiß gebadet.

Die nächste Zeit konnte er sich kaum auf seine Arbeit konzentrieren. Nachdem Alessya im Sportdress aus der Umkleidekabine kam, ließ er sie, soweit es möglich war, nicht mehr aus den Augen. In ihrem Sportdress konnte jeder ihre atemberaubende Figur bewundern.

Später, als die junge Frau duschen ging, ertappte sich Wilhelm zum ersten Mal dabei, dass er sich wünschte, einer Frau beim Duschen zusehen zu können. Er schalt sich selber einen Narren. Das würde nie passieren, aber er kannte ihren Körper ja aus seinem Traum.

Als Alessya das Studio verließ, winkte sie ihm freundlich zu. Vergeblich hatte Wilhelm gehofft, dass sie noch einmal zu ihm an die Theke kommen würde und vielleicht etwas zu trinken bestellte. Die restliche Zeit des Abends verging so langsam, dass er bald nicht mehr wusste, was er machen sollte.

Bis auf zwei Männer, die schon duschen waren, hatten alle anderen um 21:30 das Studio schon verlassen. Sein Chef saß im Büro und der einzige Fitnesstrainer an der Bar und trank gelangweilt ein Glas Saft.

Wilhelm ging noch einmal durch die Räumlichkeiten um nach dem Rechten zu sehen. Zuletzt kontrollierte er die Umkleidekabine der Männer, in der Hoffnung, dass die letzten beiden Gäste schon gegangen waren.

In der Umkleide war niemand zu sehen, aber bei den Duschen hörte er noch das Wasser rauschen. Wilhelm machte noch die paar Schritte bis zur Nasszeile und wollte nachsehen, ob die beiden Männer noch da waren, oder ob wieder einmal jemand vergessen hatte, die Dusche abzustellen. Der junge Mann betrat den Durchgang zum Nassbereich und blieb stehen, als wäre er gegen eine Wand gelaufen.

Die Männer, beide Ende Zwanzig, Timo und Sascha mit Namen, standen unter der Dusche und küssten sich!

Die Münder weit offen, spielten ihre Zungen miteinander – und nicht nur das! Jeder beschäftigte sich mit dem steifen Glied des anderen! Mal streichelten sie sich mit einer Hand, mal massierten sie sich etwas fester mit beiden Händen. Einmal schnell, einmal langsam, aber immer so, dass die Spitzen ihrer Glieder sich ständig berührten!

Timo und Sascha bemerkten Wilhelm nicht und wenn doch, dann ließen sie es sich nicht anmerken. Auf einmal begann Timo laut zu stöhnen. Er kam zum Höhepunkt und spritzte seine Sahne über den Steifen von Sascha. Der war so erregt, dass er sich auch nicht mehr zurückhalten konnte.

Während sein Freund noch einmal zuckte und dann alles gegeben hatte, kam er auch. Die Säfte der beiden vermischten sich. Scheinbar war es genau das, was sie wollten, denn sie küssten sich nicht mehr, sondern konzentrierten sich jetzt auf das, was sich zwischen ihren Lenden abspielte. Dabei hörten sie nicht auf, sich gegenseitig mit den Händen zu verwöhnen.

Wilhelm musste sich mit Gewalt von diesem Anblick losreißen und entfernte sich leise. Er hatte zwar schon von dieser Sache zwischen Männern gehört, aber natürlich noch nie zuvor sowas ekeliges gesehen. Ekelig? Na ja, so schlimm konnte es nicht gewesen sein, wie die Beule in seiner Hose zeigte!

Als Timo und Sascha wenig später das Studio verließen, lächelten sie Wilhelm an und Timo zwinkerte ihm sogar zu. Er bekam einen roten Kopf und wurde das seltsame Gefühl nicht los, dass die beiden genau wussten, dass er sie beobachtet hatte.

Der ereignisreiche Arbeitstag war zu Ende, endlich Feierabend! Wilhelm setzte sich ins Auto und fuhr in Rekordzeit nach Hause. Er war froh, dass seine Mama schon im Bett lag und durch die halb offene Tür rief: „Hallo Wilhelm, alles gut gewesen heute?" Und wie gut, dachte er. Laut antwortete der junge Mann: „Alles in Ordnung Mama, gute Nacht!" „Gute Nacht, mein Junge!"

Er sprang schnell unter die Dusche und beeilte sich auf sein Zimmer zu kommen. Dort holte Wilhelm das Heft aus dem Versteck und begann zu lesen.

Gleich auf der ersten Seite stand schon etwas geschrieben, das ihn förmlich nach Luft schnappen ließ.

„Da meine Frau Roswitha keinen Sex mehr haben wollte, nachdem feststand, dass sie schwanger war, habe ich erotische Abenteuer gesucht und auch gefunden. Für Roswitha war Sex ein notwendiges, ekeliges Übel, das sie in der Ehe akzeptieren musste, wenn sie schwanger werden wollte. Als sich herausstellte, dass sie mit unserem Sohn in Umständen war, durfte ich sie nie wieder anrühren! Aber ich, ich war jung und wollte mehr, auch wenn ich nur das bisschen Erfahrung mit Roswitha hatte (immer Missionarsstellung, nur im Bett, nur im Dunkeln, nur am Wochenende!). Ich werde hier nur einige meiner Erlebnisse aufschreiben, um mich später daran zu erfreuen."

Wilhelm lag stocksteif im Bett und holte mehrmals tief Luft. Sein verstorbener Vater hatte das geschrieben! Einen Teil der erotischen Erlebnisse in diesem Heft festgehalten! Es war nicht viel, was sein Vater aufgeschrieben hatte. Die Eintragungen endeten in der Mitte des Heftes, wie Wilhelm beim blättern merkte.

Es war ein sonniger Tag und seit langer Zeit blieb ich an diesem Wochenende zuhause. Ich wohnte damals für eine Woche in einer Pension in München - beruflich bedingt.

    Am frühen Abend, gegen 20:00 Uhr, betrat ich den TV-Raum mit einem Becher Kaffee in der Hand. Der erste Blick fiel auf eine junge Frau, genauer auf ihre Beine, denn sie zeigte sehr viel davon. Ihr kurzer Jeansrock war ziemlich hoch gerutscht und sie saß auch mit etwas offenen Schenkeln in einem Sessel.

    Ich setzte mich auf das freie Sofa. Anstatt auf den Fernseher zu schauen, blickte ich doch mehr auf ihre Beine. Der Ansatz ihres Venushügels war auch zu sehen - absichtlich? Dabei versuchte ich durch ihre Bluse etwas von den Möpsen in Erfahrung zu bringen, was nicht schwer war, da sie keinen BH trug. Das was die Bluse verbarg, schien groß und mächtig zu sein!

    Leider saßen noch ein Mann und sein Sohn im Raum, die auch ab und an zu IHR hinsahen,. Eigentlich müsste sie die Blicke bemerkt haben, doch sie las in ihrer Zeitschrift einfach weiter und schaute auch öfters zu mir rüber. Ich machte mir Gedanken wie ich sie aufreißen konnte.

Doch irgendwie störten mich die anderen beiden Gäste. Nach ca. einer halben Stunde standen die beiden auf und verließen den TV-Raum und sofort stand auch SIE auf und setzte sich neben mich auf das Sofa.

Irgendwas mit " das Licht stört mich" war ihr Kommentar. Ich fragte ob ich es ausmachen sollte und sie erwiderte „nein". Sie erzählte dann kurz wo sie herkam, dass sie 26 Jahre alt war und ein verlängertes Wochenende hier verbrachte. Naja, auch ich stellte mich kurz vor. Dann wollte sie wissen, ob ich heute Abend noch länger hier bleiben würde worauf ich mit „Ja" antwortete.

Daraufhin meinte sie: „Ich gehe schnell mal zur Toilette und aufs Zimmer Zigaretten holen, warten Sie so lange hier unten?" Natürlich wollte ich warten.

Nach etwa 10-15 min. kam sie wieder in den TV-Raum. Ich traute meinen Augen kaum, denn sie trug ein sehr kurzes weißes Tennisröckchen und eine weiße Bluse, die auch nicht ganz zugeknöpft war. Der Anblick machte mich auf Anhieb doch sehr geil. Sie setzte sich wieder zu mir und zündete sich eine Zigarette an. Welch ein Anblick waren ihre spitzen roten Lippen!

Oh, was für ein Anblick ihre nackten Beine boten und auch der Ansatz ihres roten Slips steigerten meine Erregung weiter. In meiner Hose wurde es doch sehr eng.

Nach wenigen Zügen drückte sie die Zigarette im Ascher aus und lehnte sich zurück, schloss ihre Augen und was dann geschah, erschien mir wie ein Traum, doch es war die Wirklichkeit.

Sie fing an sich selbst zu streicheln, erst über ihre Brüste, dann wanderten die Hände tiefer zum Röckchen und den Innenseiten der Oberschenkel. Ihre Finger fanden den Weg zu ihrer Lustgrotte. Wie gelähmt schaute ich dem heißen Spiel zu, denn immer noch konnte ich nicht glauben, was ich da sah. Doch ihre Hände wanderten wieder zu ihren Halbkugeln hinauf. Die Zunge leckte leicht über ihre Lippen, dann knöpfte sie ihre Bluse auf.

Zum Vorschein kamen ihre beiden Möpse deren Nippel steil und steif vor Erregung standen. Auch fing sie leicht an zu stöhnen als sie mit beiden Händen ihre Brustwarzen zwirbelt. Wieder wanderten diese schlanken und sanften Hände tiefer zum Venushügel. Dabei schob sie ihren Rock hoch und ich sah ihren roten Minislip.

Ein paar Lusttropfen die im Stoff des Slips schimmerten, waren nicht zu übersehen. Über dem Slip streichelte sie nun ihr heiße Stelle etwas intensiver, weswegen sie sofort anfing zu stöhnen. Es dauerte nicht lange und sie wurde lauter und lauter.

Plötzlich zog sie ihren Slip herunter und spreizte ihre Schenkel immer weiter. Der Anblick ihrer heißen und feuchten Schamlippen raubte mir fast den Verstand. Ich beobachtete, wie sie sich nun heftiger rieb und immer intensiver stöhnte.

Nun hielt ich es nicht mehr aus, umfasste ihre Hüften und zog sie etwas über die Sofakante. Mit meiner Zunge leckte ich ihre Spalte und dann den Kitzler sie schrie „Ja, endlich, mach es mir!"

Meine Zunge durchfuhr die nasse Spalte ich schmeckte ihre Lust was mich noch geiler machte und so leckte ich intensiv ihren Kitzler. Ich hörte sie wild stöhnen und dann presste sie meinen Kopf mit ihren beiden Händen fest an ihre Liebesmuschel. Dabei umklammerte ich ihre Pobacken und leckte immer schneller und fester ihren Kitzler. Sie fing an zu schreien und zu strampeln, als es ihr kam und nach einer Weile bat sie mich „Komm nimm mich in die Arme".

Naja und so ähnlich ging es noch die Nacht hindurch. Nur das wir diese auf ihrem Zimmer verbrachten und ich natürlich auch auf meine Kosten kam!

Nachdem Wilhelm die Geschichte gelesen hatte, wusste er nicht, was er machen sollte. Auf der einen Seite würde Wilhelm das Heft am liebsten in Stücke reißen, denn dort war ja haargenau beschrieben und bewiesen, dass sein Vater Friedhelm ein Ehebrecher gewesen war! Das durfte Mama nie erfahren!

Andererseits lag Wilhelm schwitzend und mit pochenden Schläfen im Bett, weil ihn das, was er gelesen hatte, total erregte! Wenn er an sich herunter sah, dann war sein Glied so hart und steif, wie er es erst diesen Morgen bei Heike erlebt hatte.

Doch was sein Vater da teilweise beschrieben hatte, war doch einfach nur eine Schweinerei. So etwas machte doch kein normaler Mensch. Bei diesen Gedanken fiel ihm aber sofort Heike ein und auf einmal war er sich gar nicht mehr so sicher, dass alles so unnormal war!

Je mehr er über dieses Heft nachdachte, umso unsicherer wurde er. Was sollte er machen? Seine Mutter durfte dieses Heft nicht sehen.

Also wegschmeißen, oder erst lesen und dann in den Müll? Wilhelm entschied sich für das Zweite und erlebte gleich eine Überraschung, denn das nächste was er zu lesen bekam war ein erotisches Gedicht!

Ich sehe dich und denke mir,
wie schön es wäre, ich auf dir.
Wie schön es wäre dich zu spüren,
dich zu küssen, zu berühren.

Ja du siehst so sexy aus,
komm wir ziehn uns beide aus.
Lass uns dann ins Bettchen springen,
und die ganze Nacht verbringen.

Heiß, heißer, dann kommst du,
sieh mich an und hör gut zu.
Denn ich werd dir jetzt was flüstern,
du bist mein, du machst mich lüstern.

Möchte tief in dir bohren und wühlen,
In deinem dunklen Tunnel wohl mich fühlen.
Will dass du meinen Steifen leitest,
Und wie ein Pferd auf mir reitest.

*Ich küsse dich am Hals und zwischen deinen Beinen,
Vor Geilheit fängst du an zu weinen.
Knete und massiere deine Brust,
Schieb ihn dir rein, bist du schreist vor Lust.*

*Du bringst mich zum Höhepunkt,
dass es alles in mir funkt.
der Sex mit dir ist so genial,
ohne das wär es fatal.*

Als Wilhelm zu Ende gelesen hatte, wanderte seine rechte Hand fast automatisch hinunter zu seiner Erektion. Er streichelte sich und ließ seine Hand hoch und runter wandern, bis er merkte, dass es ihm gleich kommen würde. Da hörte er auf, denn dass wollte er nicht, einfach nicht schon wieder dem Körper schaden, wie Mama sagen würde.

Er versteckte das Heft, schlief mit seiner Erektion ein und wachte früh mit ihr auf. Wilhelm fühlte sich wie gerädert, weil er sehr schlecht geschlafen hatte. Immer wieder hatte er im Traum Heike, Timo, Sascha und besonders oft Alessya gesehen. Er verarbeitete das was er in dem Heft gelesen hatte.

Wilhelm sah seine Mama vor sich, wie sie das Heft in Stücke riss und schrie: „Wehe du machst auch solche Schweinereien, dann schneide ich dir dein blödes Ding ab!" Dadurch war er schweißgebadet so früh aufgewacht und stellte glücklicherweise fest, dass er alles nur geträumt hatte!

Er ging kalt duschen, damit konnte Wilhelm sein unverschämtes Glied wieder zur Raison bringen. Danach ging er in den Hühnerstall, ließ die Tiere nach draußen und sammelte Eier ein.

Wilhelm zwang sich mit Gewalt dazu, nicht an das zu denken, was er gestern hier mit Heike erlebt hatte. Mama Roswitha war auch schon auf, hatte ihren Sohn bei der Arbeit gesehen und mittlerweile das Frühstück bereitet.

„Denk daran, dass du mir alle Eier in das Auto packst. Es ist Donnerstag und ich fahre wie immer um 9:00 Uhr los, um die Geschäfte zu besuchen", sagte Roswitha zu ihrem Sohn.

Stimmt, daran hatte er nicht gedacht. Mama fuhr an diesem Tag immer einige Bäckereien und Tante Emma Läden an, um dort Eier zu verkaufen – für diese Großabnehmer natürlich zum Sonderpreis. Wilhelm erledigte das sofort nach dem Frühstück, so dass seine Mutter auch wie vorgesehen fahren konnte.

Der junge Mann musste, während Roswitha unterwegs war, die Auffahrt und den hinteren Teil des Hofes vom Hühnerdreck reinigen. Er war gerade hinten am fegen, da hörte er jemanden rufen: „Wilhelm, wo bist du?" Der wunderte sich, dass jemand gezielt nach ihm rief. Da es eine Frauenstimme war, beeilte er sich und ging um die Hausecke herum. Wilhelm glaubte, dass die Frau Eier haben wollte, aber im Moment hatte er keine mehr.

Als er um die Ecke bog, blieb er abrupt stehen. Vor Wilhelm stand, nein saß auf einem weißen Fahrrad – Heike! Sie sah wieder umwerfend aus mit ihrer weiten, blauen Bluse und einem weißen Minirock.

An dem Oberteil waren die Knöpfe soweit geöffnet, dass von ihrem tollen Busen fast alles zu sehen war. Heike hatte einen Fuß auf der Erde abgesetzt und der andere stand auf der hochgestellten Pedale. Dadurch war der Blick auf ihre makellosen Beine fast komplett frei gegeben!

„Hallo Wilhelm, ich habe doch gesagt, dass ich wiederkomme", sagte Heike mit einem strahlenden Lächeln zu ihm. „Hallo Heike", antwortete er mit Verzögerung und verschlang sie gleichzeitig mit seinen Blicken.

„Weißt du, ich bin schon den ganzen Morgen mit dem Fahrrad unterwegs. Bei dieser Hitze bin ich schon vollkommen durchgeschwitzt, könnte ich bei dir duschen? Ich habe mir schon andere Sachen eingepackt", mit diesen Worten deutete sie auf eine Tasche, die auf dem Gepäckträger zu sehen war.

Wilhelms Gesicht war ein einziges großes Fragezeichen. Er traute seinen Ohren nicht.

Wie konnte Heike so sicher sein, dass sie hier duschen durfte? Eine Teilantwort gab sie ihm. „Ich weiß, dass deine Mutter für die nächsten zwei Stunden nicht zu Hause ist, und da ich versprochen habe wiederzukommen, ist das doch jetzt die beste Gelegenheit! Zeigst du mir wo die Dusche ist?"

Das klang so selbstsicher und sie öffnete dabei noch einen Knopf ihrer Bluse, dass der arme Wilhelm keinen Widerspruch mehr wagte. Sie stellte das Fahrrad ab und wartete auf ihn. Er ging an Heike vorbei, räusperte sich und meinte im vorbeigehen: „Komm mit!"

Der junge Mann öffnete die Haustür und ließ seine neue Bekannte eintreten. Noch in der Tür stehend, drehte sie sich zu Wilhelm hin, gab ihm einen Kuss und faste in seinen Schritt. Sehr erfreut merkte sie, dass Meister Priab schon eine enorme Größe erreicht hatte!

Als Wilhelm ihr in die Bluse greifen wollte, zog sich Heike zurück. „Erst die Dusche", meinte sie lachend. Er ging vor und öffnete ihr dann die Tür zum Badezimmer. Sie legte ihre Tasche auf eine Ablage und begann sich auszuziehen. Erst die Bluse und dann den Rock. Dabei stand sie mit dem Rücken zu Wilhelm.

Dessen Augen wurden immer größer, denn Heike hatte nur diese beiden Kleidungsstücke an. Keinen BH und auch keinen Slip – sie stand jetzt nackt vor ihm!

Wenn Wilhelm sie auch nur von hinten sah, weil die junge Frau sich nicht umgedreht hatte, war er schon von diesem Körper fasziniert. Er konnte sich nicht vorzustellen, dass es noch besser kommen würde.

Heike schien seine Blicke zu spüren und drehte sich jetzt langsam um. Wilhelm starrte wie hypnotisiert auf das nackte Geschöpf vor ihm. So etwas Schönes hatte er noch nie gesehen, nur in seinen Träumen existierte so ein Fabelwesen – auch Frau genannt!

Ihre Brüste kannte er ja schon und trotzdem hatte er das Gefühl, sie heute zum ersten Mal zu sehen. Dann wanderte Wilhelms Blicke tiefer, zu ihrem Unterleib, zu ihren Schamlippen... Er stutzte, denn erst jetzt wurde ihm bewusst, dass er alles so deutlich sehen konnte, weil dort keine Haare waren! Sie war rasiert!

All das wurde ihm zum ersten Mal in seinem Leben geboten, nur einen Schritt vor ihm. Langsam wurde Wilhelm klar, was er in seinem Leben bisher versäumt hatte.

Er hätte nur die Arme ausstrecken brauchen um diese wunderbare Frau an sich zu drücken und zu streicheln. Das tat er natürlich nicht, denn dafür waren seine Hemmungen zu groß, obwohl er spürte, dass sie nichts dagegen gehabt hätte.

Heike stand still vor ihm und ließ eine Weile verstreichen, in der sie ganz genau verfolgen konnte, wie seine Blicke, ihren Körper cm für cm abtasteten. Aber auch ihre Augen waren nicht untätig und blieben an der großen Beule in seiner Hose hängen.

Es wurde Zeit, dass sie endlich die Initiative übernahm. Heike konnte nicht ewig warten. Sie wollte ihren Spaß haben und auch dafür sorgen, dass auch Ihr Partner seinen hatte!

„Gefällt dir, was du siehst?" fragte sie zärtlich. Natürlich war diese Frage überflüssig. Ihr Gegenüber hatte einen Kloß im Hals und nickte nur, Wilhelm war einfach nur fasziniert von dieser Frau.

Heike öffnete die Tür zur Duschkabine und stieg hinein, aber ohne sie wieder zu schließen. Sie ließ das Wasser laufen und als es die richtige Temperatur hatte, stellte sie sich darunter. Die junge Frau nahm eine Flasche mit Duschgel von der Abstellfläche und schäumte den Körper ein.

Ganz langsam von oben nach unten. Erst die Arme, dann die rechte Brust und danach die linke. Bei ihren Halbkugeln gönnte sich Heike eine etwas kräftigere Massage. Nachdem sie noch Duschgel genommen hatte, wanderten ihre Hände tiefer.

Hinunter zum Bauch und dann in das Venusdelta. Sie umspielte ihre Scheide und konnte der Versuchung nicht widerstehen, mit zwei Fingern in ihre Spalte einzudringen und ihre Lustperle zu verwöhnen. Heike musste sich zwingen aufzuhören, damit sie nicht kam!

Die ganze Zeit stand Heike so, dass Wilhelm alles mit ansehen musste! Es sei denn der sehr schüchterne junge Mann würde die Augen schließen, aber auf diese Idee kam nicht einmal Wilhelm. Der wagte nämlich nicht, sich zu rühren, damit ihm auch nichts entging! Wenn Wilhelm ehrlich war, hatte er auch Angst, dass ihm einer abging, wenn er sich bewegte!

„Willst du nicht zu mir in die Dusche kommen? Dann können wir uns gegenseitig den Rücken einseifen", lockte Heike ihren Wilhelm zu sich. Sie hatte sehr viel Geduld mit ihm und fühlte sich so vertraut mit diesem schüchternen jungen Mann, dass sie ihn in Gedanken wirklich als „ihren" Wilhelm bezeichnete.

Der ließ sich nicht zweimal bitten und war in Rekordzeit ausgezogen. Sein Luststab sprang förmlich aus seinem Gefängnis und zeigte in aller Pracht und Größe direkt auf die Frau in der Dusche.

Vorsichtig stieg Wilhelm mit in die Dusche. Dabei ließ es sich nicht vermeiden, dass sich ihre Körper berührten, dass sein Steifer ihren Po und Oberschenkel streifte.

„Dreh dich um, ich seife deinen Rücken zuerst ein", forderte Heike ihren Partner auf.

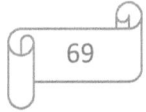

Der tat, was ihm gesagt wurde und drehte sich um. Sie faste ihn an die Schultern, hielt sich daran fest und begann Wilhelm einzuseifen – auf eine ganz besondere Weise! Sie presste nämlich ihren Körper, die Vorderseite war ja schon voller Schaum, und rutschte mehrmals an seinem Rücken und Po hoch und runter.

Wilhelm verkrampfte sich vor Überraschung. „Entspann dich und genieße", flüsterte Heike ihm ins Ohr. Sie ahnte nicht, wie sehr er genoss! Er versuchte sich genau vorzustellen, wie es aussah, wenn sie mit ihren Brüsten jede Stelle seines Rückens berührte. Dann kam der Augenblick, in dem die junge Frau seinen Hintern mit ihrem Venushügel massierte. Das war der Moment, wo Wilhelm glaubte, es gäbe nichts Schöneres.

„So das war es! Dreh dich bitte um!" mit diesen Worten holte Heike ihn wieder in die Wirklichkeit zurück. Der junge Mann kam nicht auf die Idee etwas zu erwidern und drehte sich um. Ohne Worte nahm seine Partnerin das Duschgel und ließ eine Menge davon über seinen muskulösen Oberkörper laufen. Dort begann sie auch mit dem einseifen, wobei sie auch mit seinen Nippeln spielte.

Danach folgten die Arme und kurz darauf wanderten ihre Hände an den Rippen herunter zu den Oberschenkeln. Dass es Wilhelm schwerfiel ruhig zu bleiben, merkte Heike an seinem schnellen atmen.

Wenn er nun gehofft hatte, dass sie an seiner intimsten Stelle begann, wurde er enttäuscht. Die junge Frau hörte auf und stieg aus der Dusche. Dann ging sie zu ihrer Tasche und nahm etwas heraus, das sie hinter ihrem Rücken verbarg.

Heike stieg nun wieder zu Wilhelm in die Dusche und sah ihm direkt in die Augen. „Ich habe eine Bitte. Dein bestes Stück und alles drum herum, sind so behaart, das es nicht schön aussieht. Darf ich dich da unten rasieren?"

Ihre rechte Hand kam nach vorne und sie zeigte ihm einen Einweg Rasierer. Zuerst war Wilhelm entsetzt. Ein Mann unten herum glatt wie ein Baby? Das war doch unnatürlich! Bei seiner Partnerin sah es ja schön und erotisch aus, aber bei einem Mann? Er sah in ihre Augen und seine Zweifel waren wie weggeblasen.

Nach kurzem Zögern nickte Wilhelm und ergab sich in sein „Schicksal". Er konnte Heike keinen Wunsch abschlagen, zumindest jetzt.

Sie hatte nichts anderes erwartet, nahm noch etwas Duschgel und begann seinen Unterleib einzuseifen. Dann kniete sich die junge Frau vor ihm hin, was in der Dusche nicht so einfach war rasierte ihn vorsichtig und zärtlich. Zuerst den Bereich um sein bestes Stück.

Dabei sah sie immer wieder nach oben in sein Gesicht – der Ausdruck war einfach umwerfend. Angst, Zweifel, Erregung, aber auch Vertrauen und eine besondere Erwartungshaltung, alles war abwechselnd in dem Gesicht zu lesen.

Auch wenn Heike wie erwähnt um seinen Steifen herum rasierte, musste sie sein erigiertes Glied immer wieder zur Seite schieben, bzw. nach oben oder unten bewegen. Das löste bei Wilhelm natürlich Alarm in seinen Lenden aus.

Als Heike dann soweit war, nahm sie seinen Harten in die Hand und streifte etwas Schaum von ihm ab, damit sie die dünnen Haare besser sehen konnte. Plötzlich zuckte sie zusammen, denn Wilhelm rief ziemlich laut: „Heike, nicht weiter machen, ich halte das sonst nicht mehr aus!"

Sie sah ihn von unten herauf schelmisch an und meinte lächelnd: „Womit nicht weiter machen? Mit dem Schaum abstreifen?"

Mit diesen Worten fuhr sie noch zweimal den Schaft entlang und hatte plötzlich wieder mehr Schaum in der Hand als vorher!

Wilhelm stöhnte laut, immer wieder und mit jedem Stöhnen pumpte er einen Schwall seines Saftes über Heikes Hand, ihren Hals, den Busen! Das störte sie überhaupt nicht. Im Gegenteil, sie hatte schon längst damit gerechnet, dass es ihm kommen würde und freute sich für Wilhelm, weil er sich so lange beherrschen konnte.

Darum half sie ihm auch mit ihrer Hand so gut wie möglich. Als er sich beruhigt und verausgabt hatte, fuhr Heike mit dem rasieren fort, als wäre nichts geschehen. Dabei war sie selbst erregt bis in die Haarspitzen.

Als die junge Frau fertig war, stand sie auf, tat sich Duschgel auf ihren Oberkörper und gab Wilhelm die Anweisung: „Meinen Schaum hast du ja auf deinem Rücken. Deshalb darfst du mich jetzt einseifen, erst vorne, dann hinten."

Der junge Mann war nicht gewohnt zu widersprechen. Er tat es auch jetzt nicht. Warum sollte er? Das Einseifen von Heikes schönem Körper versprach ein besonders erregendes Erlebnis zu werden. Wilhelm wollte das richtig genießen.

Er fing an den Schultern und Armen an. Damit hielt er sich aber nicht lange auf, sondern schickte seine Hände bald zu einem Teil ihres Körpers, den er schon kannte – ihren Busen!

Er knetete und massierte ihre Halbkugeln, spielte mit den Nippeln als wollte er nicht wieder damit aufhören. Heike gefiel es so gut, dass sie ihre Augen schloss, um besser genießen zu können.

Doch sie wurde langsam ungeduldig, nahm seine Hände und dirigierte sie nach unten. Vorbei an ihrer Vagina zu den Oberschenkeln, aber nur für einen kurzen Augenblick. Dann lenkte die junge Frau ihren Partner auf die samtweichen Innenseiten ihrer Oberschenkel und von da ganz langsam zu ihrem Unterleib.

Dort hielt sie Wilhelms Hände fest und öffnete die Augen. „Jetzt musst du mir helfen, ich halte es nicht mehr aus!" „Sag mir, was ich machen soll. Ich werde dich verwöhnen, so gut ich kann", antwortete er.

Das hatte Heike auch nicht anders erwartet. „Nimm nur eine Hand und streichel an meinen Schamlippen entlang. Ja, genau so. Jetzt lass zwei Finger in meine Spalte gleiten und...", ein lautes Stöhnen kam von ihren Lippen.

„Neiiiin, niiiicht da hinein! Das ist zwar auch sehr schön, aber dazu kommen wir später. Nimm, nimm die Finger wieder raus und geh die Spalte langsam hoch. Jaaa, da bist du richtig, jetzt hast du meine Lustknospe gefunden. Bleib auf ihr und streichel sie vorsichtig, da hat sich nämlich mein ganzes Verlangen aufgestaut!"

Wilhelm tat natürlich was Heike von ihm erwartete, denn die hatte schließlich Erfahrung und er gar keine. Außerdem fand er das kennenlernen ihres Körpers und besonders von gewissen Stellen, sehr erregend. Sein bestes Stück machte sich auch schon wieder pulsierend bemerkbar und verlangte nach mehr.

Aber jetzt konzentrierte er sich ganz auf seine Partnerin und fing von selbst und nach seinem Gefühl an, mit den Fingern in ihrer Scheide zu spielen. Er ließ sie hoch und runter gleiten, streichelte über den Kitzler oder umkreiste ihn.

Heike war nur noch lustvoll am stöhnen und wurde so unruhig, dass sie sich schon an Wilhelm festhalten – das war auch gut so! Er nahm nämlich plötzlich ihre Lustperle zwischen seine beiden Finger und zwirbelte sie so, wie er es oben an ihren Nippeln auch immer tat. Das war der Auslöser – Heike kam explosionsartig!

Und wie sie kam! Wilhelm zuckte zusammen, weil seine Partnerin einen lauten Schrei von sich gab. Heike begann zu stöhnen, war am zucken, drückte ihren Unterleib gegen seine Hand und krallte sich an ihm fest, um nicht zu fallen.

Der junge Mann war fasziniert davon, wie intensiv sie ihren Orgasmus auslebte. Wilhelm hatte zwar keine Erfahrung, aber er machte automatisch das Richtige: seine Finger spielten weiter mit ihrer Knospe, so das eine Lustwelle nach der anderen durch Heikes Körper jagte.

Nachdem ihr Höhepunkt langsam verebbte und sie wieder ruhig stehen konnte, fiel sie ihrem Partner um den Hals und küsste ihn lang und leidenschaftlich. Er hatte dabei immer noch seine beiden Finger in ihrer Spalte vergraben, während sie sein pochendes Glied an ihrem Bauch spürte.

Als die beiden sich voneinander lösten, hatte Heike aber noch nicht genug. Ein Orgasmus war ihr zu wenig und ihrem Wilhelm scheinbar auch, das war schließlich ganz deutlich zu sehen!

„Das war sehr gut!" meinte sie mit rauer Stimme zu ihm. „Aber jetzt musst du mir noch den Rücken einseifen."

Wilhelm zog ein enttäuschtes Gesicht. „Schade, ich hätte dich gerne noch etwas verwöhnt", gab er zu Antwort und begann wieder mit ihrem Kitzler zu spielen. Heike zuckte zusammen und entzog sich ihm.

„Du schlimmer Finger", meinte sie lächelnd. „Warte doch erst einmal ab!" Sie hatte sich nämlich etwas Bestimmtes vorgenommen. Mit einer Hand streichelte sie „zur Strafe" noch ein paar Mal über seinen Steifen und drehte sich dann endgültig um.

Wilhelm nahm sich etwas Duschgel und begann ihren Rücken einzuseifen. Damit hielt er sich aber nicht lange auf, sondern beschäftigte sich schon bald mit ihrem knackigen Hintern, was Heike mit einem stöhnen und mit den Worten: „Ja, knete ihn richtig durch!" kommentierte.

Der junge Mann war ein gelehriger Schüler und ließ sich nicht lange bitten. Plötzlich stellte sich Heike breitbeinig hin und bückte sich nach vorne. Ihm bot sich jetzt der phantastische Blick in ihre intimste Weiblichkeit!

Wilhelm überlegte nicht lange, sondern schob ihr sofort wieder zwei Finger in die Spalte zwischen den Schamlippen.

Die beiden machten sich auf die Suche nach der Lustperle und fanden sie auch ganz schnell. Diesmal entzog sich ihm die junge Frau nicht mehr, sondern gab ihm mit einem gestöhnten „Ja" zu verstehen, dass er alles richtig machte.

Es dauerte nicht mehr lange bis Heike ihren nächsten Höhepunkt kaum noch zurückhalten konnte. „Warte und nimm deine Finger zurück", sagte sie zu ihrem Wilhelm. Sie sah nach hinten, griff mit der linken Hand nach seinem Steifen und führte ihn zum Eingang ihrer Lustgrotte.

„Da musst du ihn reinschieben, soweit wie er geht!" Der junge Mann war mehr als überrascht, aber schließlich war es genau das, was er sich wünschte, wovon er geträumt hatte.

Zärtlich und langsam, Wilhelm hatte sogar Angst, dass er ihr weh tat, ließ er seinen Steifen in sie gleiten. Ja, es war ein sanftes gleiten, ein aufsaugen, kein stoßen, bis er mit seinem ganzen Lustkolben bis zum Anschlag in ihr war. Zum ersten Mal in seinem Leben war er mit seinem Glied in den Tunnel der Lust eingefahren! Es war ein unbeschreibliches und phantastisches Gefühl! Wilhelm machte keine weitere Bewegung und genoss diesen Augenblick mit geschlossenen Augen.

Diesen Moment des erstmaligen Eins seins mit einer Frau. Heike verhielt sich ganz ruhig, denn sie wusste ja, was dieser Augenblick für ihn bedeutete! Sie dachte in der kurzen Zeit auch daran, dass sie jetzt gerade einen Mann, der älter war als sie selbst, praktisch „entjungfert" hatte.

Dann hatte Heike keine Geduld mehr und begann, sich zu bewegen, ganz langsam vor und zurück. Immer darauf bedacht, seinen Harten, er füllte sie ganz aus, nicht aus ihrer Lustgrotte herauszulassen.

Wilhelm verstand diese Aufforderung, fasste sie bei den Hüften und begann sie zu stoßen, genauso langsam wie seine Partnerin begonnen hatte. Diese war jetzt kurz vor ihrem ersehnten Höhepunkt.

„Stoß zu, fester und schneller als bisher. Hab keine Hemmungen, lass deinen Gefühlen und deiner Lust freien Lauf!" forderte Heike ihren Wilhelm auf. Der tat automatisch genau das Richtige. Kurz bevor sein Steifer den Tunnel der Lust verließ, stieß er wieder hinein, so tief es ging und mit aller Kraft.

Es knallte förmlich als sein Unterleib auf ihren Hintern knallte. Heike schrie überrascht und voller Lust auf.

„Jaaa, so ist es richtig! Hör nicht auf, mach weiter, schneller!" Drei Mal, vier Mal, war Wilhelm ihrer Aufforderung nachgekommen, da kam von seiner Partnerin der nächste Schrei.

Heike verkrampfte sich, ihr Körper zog sich zusammen und erbebte unter den Wellen des ersehnten Höhepunktes. Wilhelm konnte seinen Orgasmus auch nicht mehr zurück halten. Dieses schnelle, tiefe und intensive Stoßen, dass Verkrampfen der jungen Frau, als sie ihren Höhepunkt erreichte, war einfach zu viel für ihn.

Zu viel für einen jungen Mann, der sich zum ersten Mal im Honigtopf einer Frau austobte. Er spürte seine Säfte unaufhaltsam steigen und als Wilhelm kam, stieß er instinktiv noch einmal ganz tief in Heike hinein und verhielt dort, um dann seinen ganzen lebensspendenden Saft in sie zu pumpen.

Er stöhnte laut bei jedem Schwall, den sein Lustkolben tief in ihrer Höhle versprühte. Als Heike spürte, wie sein Glied in ihr anschwoll und er sich bis zum letzten Tropfen in ihr verausgabte, hatte sie das Gefühl, dass dadurch ihr eigener Orgasmus noch verstärkt wurde.

Es war schon ein seltsam erregender Anblick, wenn man von außen auf die beiden sah.

Man sah eine junge Frau, welche von einem Mann gegen die durchsichtige Außenwand der Duschkabine gedrückt wurde. Die Brüste der Frau wurden an dieser Wand platt gedrückt und beide stöhnten mit offenen Mündern ihre Lust laut hinaus.

Nach einer Weile wurden die zwei ruhiger. Heike richtete sich auf und lehnte sich an Wilhelm, dessen kleiner gewordenes Glied dadurch mit einem schmatzenden Geräusch aus ihrer Lustgrotte glitt.

Die beiden küssten sich leidenschaftlich und Wilhelms Hände wanderten nach vorne, um Heikes Halbkugeln zu massieren. Die ließ sich das gerne gefallen und nicht nur das, sie nahm seine rechte Hand und schickte sie wieder hinunter in das Venusdelta.

Wilhelm wunderte sich bei dieser Frau über gar nichts mehr. Heike lehnte immer noch mit ihrem Rücken an ihm und legte ihm jetzt beide Arme um den Hals. Warum, wurde ihm sofort klar: sie stellte sich breitbeinig hin, damit er ohne Probleme jede Stelle ihres Liebesdeltas erreichen konnte.

Heike ließ sich fallen, überließ ihrem Partner die Kontrolle, vertraute ihm völlig. Wilhelm enttäuschte sie nicht. Während er mit der linken Hand ihren Busen und die Nippel verwöhnte, drang er wieder mit zwei Fingern der Rechten in ihre nasse Spalte ein.

Er verwöhnte dort aber nicht nur ihre Perle, sondern ließ seine Finger dort jeden Zentimeter erkunden. Zu Heikes Überraschung – und besonderem Vergnügen – drang er dabei auch immer wieder in ihre überschäumende Höhle ein. Sie hing an Wilhelms Hals, machte ihre Beine noch breiter – und kam schon wieder!

Der Orgasmus war genauso intensiv wie die beiden ersten, aber er ebbte schneller ab. Schwer atmend drehte sie sich um und machte die Dusche wieder an. Die beiden nahmen sich in die Arme und ließen sich eine Weile von dem erfrischenden Wasser berieseln.

Heike war es, die dann zufällig einen Blick auf die Uhr warf, welche über der Tür hing und dann zu Wilhelm meinte: „Es war wunderschön, aber wir müssen vorsichtig sein. Deine Mutter wird bald zurück kommen und sie soll mich nicht sehen, sonst bekommst du Ärger."

Wilhelm fand es sehr schade, dass ihre Zweisamkeit vorbei sein sollte, aber Heikes Gedanken waren vernünftig. „Ja, leider hast du recht. Es war so toll mit dir, dass die Zeit viel zu schnell vergangen ist. Ich hole für uns zwei von den großen Badetüchern, dann können wir uns gegenseitig abtrocknen."

Er stieg aus der Dusche und machte nur vier Schritte bis zu einem kleinen Schrank aus dem er die beiden Badetücher entnahm. Seine Partnerin hatte inzwischen die Dusche abgestellt und kam ihm zwei Schritte entgegen. Wilhelm gab ihr ein Tuch und drehte sich um, damit sie seinen Rücken abtrocknen konnte.

Das war schnell getan und auf Heikes Kommando „umdrehen" reagierte er sofort. Sie machte auf seiner Vorderseite weiter und widmete dabei seinem besten Stück besondere Aufmerksamkeit, denn das ließ jetzt etwas den Kopf hängen.

Sie ließ das Badetuch einfach auf die Erde fallen, nahm sein Glied zwischen beide Hände und verwöhnte und streichelte es zärtlich. Die junge Frau bekam schon wieder glänzende Augen.

Eigentlich wollte sie sein Prachtstück auf eine ganz besondere Weise wieder zum Leben erwecken, aber sie war sich nicht sicher, wie ihr unerfahrener Partner darauf reagieren würde. Doch aufgeschoben war nicht aufgehoben!

Jetzt war Heike an der Reihe. Sie drehte sich um und Wilhelm begann mit dem abtrocknen, wobei er sich bei ihrem Po besonders viel Zeit nahm. Er hatte eine Idee und setzte sie ohne darüber nachzudenken, spontan in die Tat um. Er ging etwas in die Knie, biss ihr leicht in die rechte Pobacke und gab ihr einen Kuss auf diese Stelle. Heike stieß einen kurzen Schrei aus und wurde ein paar Zentimeter größer, weil sie sich auf die Fußballen stellte.

Dann drehte sie sich um und sah ihren Wilhelm an, der bei dem Schrei in sich zusammen gesackt war und jetzt stotterte: „Habe, habe ich dir weh getan? Das wollte ich nicht! Es war nur eine spontane Idee."

Seine Partnerin lachte und gab ihm einen Kuss. „Du kleiner Teufel! Das war genial!" Er war erleichtert und erstaunt als sie sagte: „Da gibt es auch noch andere Stellen, an denen du mich so berühren kannst, aber das zeige ich dir beim nächsten Mal."

Wilhelm begann jetzt, die Vorderseite von Heikes wunderbarem Körper trocken zu reiben. Es war klar, dass er sich dabei an bestimmten Stellen besonders viel Zeit ließ.

Die junge Frau wurde schon wieder ganz unruhig. Ihre Nippel wurden groß und hart und auch zwischen ihren Beinen half kein abtrocknen, denn sie wurde gleich wieder nass.

Auch bei Wilhelm waren die Auswirkungen dieser Zärtlichkeit deutlich zu sehen, denn sein Lustkolben stand schon wieder in voller Größe.
„Leg das Badetuch weg, du rubbelst mir noch die Haut ab", meinte Heike auf einmal lächelnd zu ihm. Sie hatte sich entschlossen, ihm doch noch etwas Neues zu zeigen.

Sie gab ihrem Wilhelm einen Kuss, nahm dann seinen Kopf in beide Hände und drückte ihn vorsichtig zu ihren Halbkugeln herunter. „Ich will dir was zeigen", sagte sie zu ihrem Partner, der sich willig von ihr führen ließ.

„Verwöhne meine Möpse mit deinem Mund. Küsse sie, spiel mit deiner Zunge an meinen Vorhöfen und den Nippeln. So ist es schön! Saug an meinen Brüsten, nimm so viel in den Mund wie du kannst. Dann... jaaa, knabber an den Nippeln! ...Was, was machst du da unten? Oh, du verrückter, lieber Kerl!"

Heike ließ seinen Kopf los und hielt sich an den Schultern fest. Warum? Während er ihre Brüste immer abwechselnd mit dem Mund verwöhnte, hatte Wilhelm mit seinen Händen ihren wohlgerundeten Hintern geknetet.

Das war aber nicht alles, denn seine rechte Hand wanderte plötzlich tiefer und er ließ seine Finger tief in ihre Heiligtümer vorstoßen – im wahrsten Sinn des Wortes. Erst zwei, dann drei Finger stießen vor in den nassen Tunnel der Lust. Heike biss sich auf die Lippen, um nicht laut zu schreien.

„Na warte", dachte sie. *„Was du kannst, das kann ich schon lange!"*

Ihre rechte Hand tastete sich nach unten, zu seinem Lustkolben, der sich schon lange wieder in voller Größe zeigte. Sie fasste ihn mit ihrer Hand und ließ diese hoch und runter gleiten, immer schneller und fester. Wilhelm blieb ihr nichts schuldig und revangierte sich mit seinem Mund und den Fingern tief in ihrer Höhle.

Aber bald konnten es die beiden nicht länger aushalten. „Warte, hör auf", sagte Heike auf einmal keuchend zu Wilhelm. Der ließ von ihr ab und sie drehte sich um. Dann stützte sich die junge Frau mit beiden Händen am Waschbecken ab und bückte sich nach vorne.

Diesen hocherregenden An- und Einblick kannte Wilhelm schon. „Nun komm schon, ich halte es nicht mehr aus", forderte sie ihn schwer atmend auf. Das ließ er sich nicht zwei Mal sagen, mit einem einzigen Stoß versenkte er seinen Steifen in ihrem Tunnel der Lust.

Heike stöhnte genauso vor Lust auf, wie ihr Partner. Als er dann ihre Hüften fassen wollte, kam von ihr die Anweisung: „Nicht da, pack meine Möpse und bearbeite sie." Wilhelm beugte sich vor und fasste zu und hatte in jeder Hand eine Brust, die er nicht mehr los ließ. Heike quittierte es mit lautem Stöhnen.

Es dauerte jetzt nicht mehr lange. Die junge Frau wollte nun so schnell wie möglich ihren Orgasmus und streichelte sich selbst ein paar Mal über ihren Kitzler. Das reichte und sie kam, viel intensiver als Heike es gedacht hatte. Ihr Wilhelm vergrub noch einmal seinen Steifen ganz tief in ihrem Honigtopf und kam auch – zum ersten Mal mit einem lauten Schrei.

Wilhelm hielt seine Partnerin auch weiter fest umklammert, nachdem bei beiden die Wellen des Höhepunktes abgeflacht waren. Schwer atmend, aber glücklich und zufrieden richtete sich Heike etwas auf, aber nur soweit, dass sein Glied nicht aus ihr heraus flutschte.

Sie fasste mit den Armen nach hinten und zog seinen Po so fest wie möglich an sich ran. So standen die beiden einen Augenblick aneinander geschmiegt, bis Wilhelm eine Eingebung hatte und Heike zärtlich in den Nacken bis und an ihrem Ohrläppchen knabberte.

Die junge Frau bekam eine Gänsehaut. „Es ist so schön mit dir, aber wir müssen uns voneinander losreißen. Mir macht es nichts aus, wenn deine Mutter mich hier sieht, aber ich möchte vermeiden, dass du mit ihr Probleme bekommst."

„Ich finde es toll, dass du so an mich denkst, aber es ist auch schade, dass wir nicht mehr Zeit haben." Heike entzog sich ihm und drehte sich um. „Dann müssen wir jetzt noch einmal duschen."

Als sie den ersten Schritt in Richtung Dusche machte, kam Wilhelm gleich hinter ihr her. „Nein, nein", wehrte sie lachend ab. „jetzt geht jeder für sich alleine!" Schnell stieg sie in die Duschkabine schob die Tür zu und beeilte sich mit dem duschen.

Es dauerte keine fünf Minuten dann kam sie wieder heraus, schob Wilhelm hinein und gab ihm noch einen Klaps auf den Po. Während er duschte föhnte sie sich die Haare und zog sich die mitgebrachten Sachen an.

Ihr Partner kam gerade zurecht, um zu sehen, dass sich Heike eine superkurze Hose anzog – natürlich ohne einen Slip! Darüber trug sie ein hautenges T-Shirt – ohne BH darunter. Sie sah einfach umwerfend aus!

Heike warf einen Blick auf Wilhelm, der sich gerade abtrocknete. Er sah wirklich gut aus. Sein braungebrannter muskulöser Körper, gepaart mit seinem sympathischen Gesicht und den freundlich blickenden Augen, alles war perfekt.

Dass Wilhelm in dieser kurzen Zeit dann auch noch drei Mal konnte, war von ihr nicht erwartet worden. Heike schmunzelte: er hatte schließlich Nachholbedarf!

Ihr Partner zog sich seine kurze Hose wieder an, auch ohne Slip darunter, und begleitete Heike hinaus. Das heißt, bevor sie nach draußen vor die Tür zu ihrem Fahrrad gingen, nahm Wilhelm sie noch einmal in die Arme, drückte die junge Frau ganz fest an sich und flüsterte leise in ihr Ohr: „Danke!"

Es war ein ganz Besonderes „Danke". Die Art und Weise wie er das aussprach, löste in Heike ein unbeschreibliches Glücksgefühl aus. Sie verstand es nicht, denn sowas hatte die junge Frau bis jetzt noch nicht erlebt und das machte sie für einen kurzen Moment unsicher.

„Ich, ich, du brauchst dich nicht zu bedanken", stotterte Heike doch tatsächlich verlegen. „Es war so schön mit dir und wir harmonieren wirklich sehr gut miteinander, darum möchte ich, dass wir uns auch weiterhin treffen. Kannst du Samstagabend? Eine Freundin von mir hat eine kleine Wohnung in der Stadt. Sie ist abends nicht da und ich habe einen Wohnungsschlüssel, denn gelegentlich gieße ich die Blumen und füttere die Fische, wenn sie länger nicht da ist. Kannst du um 19:00 Uhr da sein? Die Adresse ist Waldstraße 45 und du musst bei Berend klingeln."

„Nichts wird mich davon abhalten. Ich freue mich jetzt schon darauf", antwortete Wilhelm.

Als Zeichen, dass er sich wirklich freute, legte er eine Hand auf ihre rechte Halbkugel und streichelte sie. Ihre Nippel wurden sofort wieder groß und hart.

„Was ist nur los mit mir?" dachte die junge Frau verwirrt. Laut sagte sie: „Du bist ein Nimmersatt, aber das finde ich großartig!" Sie griff ihm zwischen die Beine und meinte: „Finger weg von allem was ich jetzt in der Hand habe, ich meine damit: keine Selbstbefriedigung! Ich werde dir Samstag alles abverlangen!"

„Wer von uns ist denn hier der Nimmersatt"? gab Wilhelm schmunzelnd zurück und kniff ihr bei diesen Worten leicht in die rechte Brustwarze.

Mit einem erstickten Schrei machte Heike einen großen Schritt rückwärts und drohte ihm spielerisch mit dem Finger. „Fängst du schon wieder an?" Sie setzte sich lachend auf ihr Fahrrad und fuhr mit einem Winken vom Hof.

Wilhelm sah ihr noch hinterher, bis sie nicht mehr zu sehen war. Dann ging er zurück ins Bad, um dort die kleine Überschwemmung zu beseitigen, die sie hinterlassen hatten.

Mama Roswitha kam zwanzig Min. später auf den Hof gefahren. Sie staunte nicht schlecht, als sie ihren Sohn pfeifend auf dem Hof arbeiten sah. *„Na ja, wenigstens einer hat gute Laune!"* dachte sie.

Roswitha hatte nämlich keine guten Geschäfte gemacht und war dementsprechend schlecht gelaunt. Wilhelm bekam natürlich mit, dass seine Mutter wieder da war, aber nach einem Blick in ihr Gesicht, vertiefte er sich lieber in seine Arbeit, ohne ein Wort zu sagen.

Er arbeitete so lange wie möglich draußen und brachte dann schnell ein gemeinsames und sehr schweigsames Mittagessen mit seiner Mutter hinter sich. Da er heute auch keine Eier ausliefern musste, nahm er drei Packungen mit zur Arbeit und hoffte, sie dort zu verkaufen.

Zur Spätschicht kam Wilhelm wie immer pünktlich und wurde, kaum dass er im Studio war, von seinem Chef in Empfang genommen. „Stell die Eier ab und komm her. Ich muss dir etwas zeigen und habe nicht viel Zeit", wurde er hinter die Theke befohlen. Wilhelm stellte die Eier ab und eilte zu seinem Boss. Der zeigte ihm einige Neuerungen an der Kasse und verabschiedete sich dann bis zum Abend.

Der Eigentümer des Fitnessstudios hatte noch etwas vor und war deshalb für die nächsten Stunden außer Haus. Er ging davon aus, das Wilhelm mit allem, was auf ihn zukommen könnte klar kam – ein Vertrauensbeweis.

Da nur wenige Gäste anwesend waren, die auch noch von zwei Trainern betreut wurden, machte er einen kurzen Rundgang, bevor er wieder seinen Platz hinter der Theke bzw. Kasse einnahm.

Der junge Mann war immer noch sehr gut gelaunt und dachte gerne an den vergangenen Vormittag. Doch statt Heikes Gesicht sah er das von Alessya McGray vor sich. Wilhelm wollte das nicht wahrhaben, träumte aber trotzdem mit offenen Augen von der ersten und bisher einzigen Begegnung mit der jungen Frau.

„Hallo Wilhelm, gibst du mir eine Flasche Wasser und ein Glas?" Der Angesprochene war zutiefst erschrocken, denn er wurde ja aus seinen schönsten Träumen gerissen. Er sah sein Gegenüber an und wischte sich erst einmal mit der Hand über die Augen. Vor ihm stand Alessya McGray in Lebensgröße! Die lächelte ihn an und fragte: „Was ist los mit dir? Du siehst verstört aus", dabei stellte sie ihre Tasche auf den Boden.

Wilhelm bekam einen roten Kopf. „Nein, nein, es ist alles in Ordnung. Was wolltest du noch einmal?" Alessya musste schmunzeln. „Eine Flasche und ein Glas. Ich bin mit dem Training fertig und will mich noch einen Augenblick an den Tisch setzen."

In einer kleinen Ecke neben der Theke, standen zwei runde Tische mit acht bequemen Stühlen. Diese Nische war jedoch nicht so hell beleuchtet, wie der Rest des Studios und wurde deshalb auch gut frequentiert, doch momentan saß dort niemand.

Wilhelm fand seine Sprache wieder. „Setz dich schon mal hin, ich bringe dir das Wasser sofort rüber." Alessya war also schon fertig, dann musste sie in der Damenumkleide gewesen sein, als er seinen Rundgang gemacht hatte.

Die junge Frau nickte, nahm ihre Tasche und ging zu den ersten der beiden Tische. Gerade als Alessya den Tisch erreicht hatte, drehte sie ihren hübschen Kopf in Wilhelms Richtung. Der hatte sein Glas fallen lassen und auf die Zehenspitzen bekommen. Da er nur offene Sandalen trug, tat das ganz schön weh und von ihm war ein lautes „Au" zu hören. Der junge Mann sah ihren Blick und meinte etwas gequält:

„Wenigstens ist das Glas noch heile!" Alessya musste lachen und setzte sich. Knack, knack und weitere komische Geräusche waren zu hören und an ihrem Po wurde es feucht. Sie sprang auf und rief laut: „Was ist das? Wo habe ich mich reingesetzt?"

Wilhelm war mit zwei großen Sprüngen bei ihr und starrte entsetzt auf den Stuhl. Die Eier, es waren die Eier, welche er vorhin hier abgelegt und total vergessen hatte. Durch seine Aktion mit dem Glas war die junge Frau abgelenkt worden und hatte die Eier nicht bemerkt.

„Du hast dich auf meine Eier gesetzt!" Sein unbeschreiblicher Gesichtsausdruck und dann dieser laute Ausruf – das war zu viel für Alessya. Obwohl sie den Dreck an der Hose hatte, sie musste lachen, lachen, einfach lachen bis die Tränen kamen.

Auch die wenigen Gäste und die beiden Trainer hatten diesen Ausruf mitbekommen und stimmten ein wildes Gelächter an. Wie von der Tarantel gestochen rannte Wilhelm los, was noch zusätzliches Gelächter hervorrief, und kam mit zwei Eimern zurück. Einer war leer, in den tat er die Eierreste, im anderen war Wasser und er begann damit den Stuhl zu säubern.

Während er die Spuren des Malheurs zu beseitigen versuchte, sprach er ständig: „Es tut mir leid, es tut mir so leid! Es ist alles meine Schuld!"

Alessya konnte jetzt endlich wieder normal sprechen und meinte zu seiner Überraschung: „Wenn ich besser aufgepasst hätte, wäre das alles nicht geschehen! Kannst du mal nachsehen wie dreckig meine Hose ist, ich muss schließlich noch Auto fahren."

Bei diesen Worten drehte sie sich um und zeigte ihm ihre knackige und wohlgerundete Kehrseite. Alessyas Vermutung bestätigte sich, die Hose war ziemlich schmutzig.

„Darf ich versuchen den Dreck weg zu machen?" fragte er und die junge Frau nickte. Auch wenn Wilhelm wirklich vorsichtig war, ließ es sich nicht vermeiden, dass er mit seinen Händen ständig über ihren Po strich.

Am Anfang zuckte Alessya kurz zusammen, aber dann blieb sie bewegungslos stehen. Der junge Mann hatte plötzlich Heikes nackten Hintern vor Augen und musste tief Luft holen, um sich zu konzentrieren. „Ich bin fertig", sagte er dann mit etwas belegter Stimme. Alessya drehte sich um.

Sie sah Wilhelm mit einem Blick aus ihren grünen Augen an, der ihm durch und durch ging. „Hast du vielleicht ein Handtuch, das ich mir im Auto auf den Sitz legen kann?" fragte sie ihn mit einem seltsamen Klang in der Stimme.

Er holte ihr eines von den Handtüchern, die man sich ausleihen konnte. Alessya bedankte sich und fuhr nach Hause, um sich trocken zu legen, wie sie sich ausdrückte. Wilhelm ertappte sich bei dem Gedanken, dass er ihr gerne dabei helfen würde!

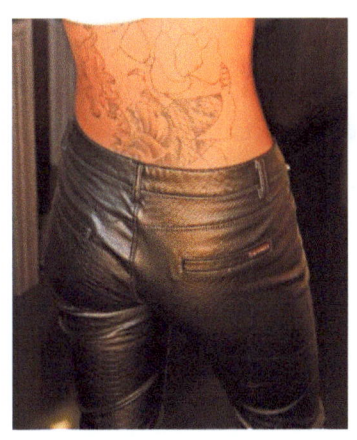

Der junge Mann war total geknickt. Gerne hätte er Alessya näher kennen gelernt – doch nicht so! Aber er war ja selber schuld. Die bestellte Flasche Wasser trank Wilhelm selber aus, weil er so geschwitzt hatte.

Den Rest seiner Schicht wollte er am liebsten ganz schnell vergessen. Natürlich wurde das, was heute geschehen war, brühwarm jedem erzählt, der in das Studio kam. Die dummen Sprüche und das Gelächter wollten kein Ende nehmen!

Dabei hatte er wirklich Glück, dass sein Chef, der später ins Studio kam, auch Humor bewies und nur lachte. Nach Feierabend flüchtete er aus dem Studio und wollte nur nach Hause. Dort angekommen sprang er unter die Dusche und von da aus direkt ins Bett. Wilhelm wollte nichts mehr sehen und hören.

Am anderen Morgen hatte er sich wieder beruhigt, fuhr aber doch nachmittags mit einem mulmigen Gefühl zur Arbeit. Bis auf die eine oder andere Stichelei musste er aber nichts über sich ergehen lassen. Da Wilhelm viel zu tun hatte, die Gäste gaben sich die Klinke in die Hand, wurde er von den gestrigen Ereignissen abgelenkt und das war gut so.

Erst kurz vor Feierabend ertappte er sich dabei, dass er immer öfter zu dem Stuhl hinsah, auf dem Alessya gesessen hatte und seine Eier zerdrückte. Wilhelm musste selber schmunzeln, als er merkte, dass er in Gedanken „seine Eier" gesagt hatte.

Der junge Mann sah auch ihren knackigen Po vor sich, wenn er zu dem Tisch hinüber sah. Dann dieser Blick aus den schönsten Augen, die er je gesehen hatte!

Eine Stunde später stand er schon wieder zu Hause unter der Dusche. Diesmal hatte Wilhelm auch wieder alles vor Augen, was er mit Heike hier erlebt hatte. Kurze Zeit später lag er mit dem Heft seines Vaters im Bett und war am Lesen.

Urplötzlich wurde ich im Büro aus meinen Träumen gerissen, denn die Abteilungsleiterin stand räuspernd vor mir. Erschrocken schreckte ich reflexartig in die Höhe und spüre wie sich das Blut in meinem Gesicht staute.

Sie musste mich wohl bereits einige Zeit beobachtet haben, so wie sie mich anlächelte. Langsam kam sie auf mich zu und küsste mich, auf den Mund. Dann ging sie zur Bürotür und verschloss diese.

Ich ertappte mich dabei, wie ich sie beobachtete, während sie die Türe verschloss und war mir sicher, dass sie das auch spürte. Weit weg von meinen vorhergehenden Gedanken, schweifen meine Blicke über ihren makellosen Körper.

In ihrem engen, Figur betonten, kurzen Rock und den schwarzen halterlosen Strümpfen, die ich erblickte, als sie ganz rein zufällig ihre Mappe fallen ließ und lasziv mir ihren Po entgegenstreckte, sah sie einfach wahnsinnig berauschend aus.

Sie kam wieder auf mich zu, legte die Mappe auf den Schreibtisch und schlenderte elegant um den Tisch herum. Ich hatte keine Zeit darüber nachzudenken, was wohl als nächstes geschehen würde, als sich auch schon unsere Münder berührten und ich ihre Zunge an meinen Lippen spürte.

Instinktiv öffnete ich den Mund und ließ ihre Zunge eindringen. Unsere Zungen begegneten sich und begannen, die jeweils andere zu erkunden. Ich begann Spielchen zu spielen und hielt hin- und wieder ihre Zunge mit den Lippen fest bzw. hinderte sie am Eindringen, wenn wir kurz abgelassen hatten, um wieder Luft zu holen. Wir küssten uns immer heftiger.

Ich streichelte ihr über die Wirbelsäule und zeichnete jeden ihrer Wirbel mit den Fingern nach. Offenbar schien es ihr zu gefallen, denn sie drückte sich enger an mich und begann, mit ihren Händen meinen Hintern zu massieren.

Mit den Fingern am Bund ihres Rockes angekommen, ließ sie kurz von mir ab, um den Knopf zu öffnen, damit meine Hände in ihren Rock eindringen konnten. Ich fuhr weiter der Wirbelsäule nach.

Weiter unten angelangt, begann ich, ihre Pobacken zu kneten und sie an mich zu drücken, worauf sie anfing, ihren Unterkörper an mir zu reiben. Nach einer kleinen Weile öffnete sie mir die Hose und schob sie herunter; dadurch konnte sie meinen Slip sehen, der vorne schon feucht war.

So sah sie die große Beule, die sich ziemlich deutlich abzeichnete. Ich ließ meine Finger in der oben leicht geöffneten Bluse umherwandern und stellte fest, dass sie nichts mehr drunter hatte – ihre Brustwarzen waren deutlich zu spüren und sie zuckte jedes Mal zusammen, wenn eine von mir bearbeitet wurde. Dann begann ich intensiv ihre Möpse zu kneten.

Sie stöhnte auf und wollte mir auch noch den Slip ausziehen. Vorsichtig wurde sie von mir auf den Tisch gesetzt. Ich zog ihr den Rock aus und sah, dass sie wahnsinnig erotisch aussah, in ihren edlen Halterlosen schwarzen, seidig glänzenden Strümpfen.

Ich befreite sie von dem superknappen Höschen, das auch nicht mehr ganz trocken war. Sie spreizte ihre Beine freiwillig soweit es ging auseinander und ich kniete vor sie. Als sie merkte, was ich vorhatte, legte sie mir ihre Beine auf die Schultern.

Dann wurden die Schamlippen verwöhnt. Erst kurz, wie angehaucht, dann ließ ich meinen Mund immer länger auf ihren Lippen liegen. Nach einer Weile drang ich mit der Zunge in ihre Spalte ein. Bei jeder Berührung ihrer Klitoris stöhnte sie auf.

Plötzlich zuckte sie unter lautem Stöhnen zusammen und drückte mit beiden Händen meinen Kopf auf ihre Scheide. Mit den Worten: „schneller mit der Zunge, schneller!" erreichte sie ihren Höhepunkt.

Bisher hatte keiner etwas gesagt, doch jetzt flüsterte sie mir ins Ohr: „Das war sehr gut - jetzt will ich dich aber mit deinem Steifen ganz in mir spüren". Das ließ ich mir natürlich nicht zwei Mal sagen.

Sie schob meinen Slip runter, aus der mein voll erigierter Penis schon oben rausschaut. Sie beugte sich vor und nahm meinen Lustkolben in den Mund. Sie umspielte mit der Zunge die Eichel und leckte noch ein Mal am Schaft entlang.

Dann nahm sie wieder die gleiche Stellung ein die sie auch Minuten vorher inne hatte. Ich wurde von ihren tollen langen Beinen umklammert und an sie gezogen. Als ich in sie eindrang stöhnte sie wieder.

In der Zeit, in der ich sie mit der Zunge verwöhnte, hatte sie sich die Bluse ausgezogen und den Oberkörper auf ihre Arme gestützt und ihre schönen Brüste mit den harten Nippeln in die Höhe gereckt. Während ich langsam meinen Luststab in sie eindringen ließ und ebenso langsam aber intensiv stoße, knetete ich ihren Busen. Mit der Zeit wurde ich immer schneller und ihre Beine umklammerten mich immer fester.

Kurz bevor ich kam hielt ich inne und zog sie an mich. Ich küsste sie und schob meine Zunge auf ihre. Nach wenigen Stößen biss sie mir auf die Zunge und begann zu zucken - sie kam schon wieder!

Das war zu viel, ich kam auch und pumpte meinen Saft bis in den letzten Winkel ihrer Grotte. Wir blieben noch eine Weile in dieser Stellung beieinander, bis wir voneinander abließen.

Sie hatte jedoch nicht genug, sondern drängte mich zu meiner Überraschung auf den Schreibtischstuhl, kniete vor mir nieder und begann mein Glied zu saugen.

Bei so einer Behandlung kam mein bestes Stück gar nicht auf den Gedanken kleiner zu werden. Als ich kurz davor war, zu kommen, schob ich sie weg, drehte sie um und bedeute ihr, dass sie sich auf den Tisch beugen sollte.

Aber statt sofort in sie einzudringen, begann ich ihren Hintern zu kneten und dann ihren Honigtopf mit meiner Zunge zu verwöhnen, bis sie wieder laut aufstöhnte und die nächsten Lustwellen durch ihren Körper jagten!

Dann schob ich ihr meinen Lustkolben mit einem Stoß ganz tief in ihren Tunnel, worauf sie ein lautes „Jaaa" von sich gab. Mit harten Stößen bearbeitete ich sie und hielt immer wieder inne, um den Moment des Höhepunktes hinaus zu zögern, ihr mehr Lust zu verschaffen.

Währenddessen strich sie mit ihrer Hand durch ihre Lustspalte und über ihren Kitzler. Sie wurde immer schneller und kam unter lautem Schreien und ich hielt inne, bis sie sich wieder etwas beruhigt hatte, dann machte ich weiter, worauf sie gleich noch einen Orgasmus in Extase erlebte. Diese Frau war eine Granate und unersättlich! Schließlich pumpte auch ich mein ganzes Sein so tief wie möglich in sie hinein. Völlig erschöpft zogen wir uns wieder an, sie gab mir noch einen Kuss, schloss die Tür wieder auf und ging zurück an die Arbeit.

Wilhelm schüttelte sich regelrecht und warf das Heft seines Vaters auf die Erde. Igitt, dass was der mit dieser Frau gemacht hatte, war ekelhaft! Mit seiner Zunge in die Scheide eindringen und dann die Frau! Das Glied seines Vaters in den Mund nehmen, nachdem er in ihr gekommen war! Wie konnte man nur so abartige Ideen haben?

Doch wenn es so schlimm war, warum stand sein Glied wie eine Eins und wieso hatte er das Gefühl, dass ihn bei der kleinsten Berührung einer abgehen würde? Was sollte er machen, wenn Heike auch sowas von ihm verlangte? Sie hatte ja angedeutet, dass es noch vieles gab, was sie ihm zeigen wollte!

Der ganze Sex mit ihr war doch wunderschön gewesen und pervers, nein pervers war die junge Frau nicht – zumindest seiner Meinung nach. Unruhig schlief er irgendwann ein und war am nächsten Morgen ziemlich gerädert, aber das änderte sich bald und Wilhelm konnte es kaum erwarten, bis er Heike wieder sah.

Damit er auch wirklich abends von zu Hause weg konnte, erzählte er Mama Roswitha, dass er abends für ein paar Stunden arbeiten musste. „Aber sei pünktlich zu Hause", meinte Roswitha.

„Wir wollen doch zusammen noch etwas fernsehen!" Das war für ihn ein Pflichtprogramm wie jeden Samstag. „Keine Sorge Mama, ich werde rechtzeitig wieder da sein", antwortete er deshalb. Seine Mutter hatte auch nichts anderes erwartet.

Der Rest des Tages verging wie im Flug und jede Arbeit erledigte er in Rekordzeit. Am Abend unter der Dusche, versuchte sich Wilhelm vorzustellen, was Heike heute mit ihm vorhatte. Doch das Einzige, was er damit erreichte, war das er sich mit einer kaum zu verbergenden Erektion ins Auto setzte und losfuhr.

Der junge Mann erreichte die angegebene Adresse nach 10 Minuten. Es war ein älteres Zweifamilienhaus und das letzte in der Straße. Er wurde schon erwartet. Heike steckte ihren Kopf aus einem der Fenster und rief von oben: „Unten ist niemand, aber die Türen sind auf. Komm einfach hoch!"

Sie verschwand wieder und Wilhelm betrat das Haus, schloss die Eingangstür hinter sich und ging die Treppe hoch. Die Tür zur Wohnung von Heikes Freundin stand auf, er trat ein und schloss auch diese Tür hinter sich und war gespannt was ihn erwartete.

„Geh einfach geradeaus, ich bin hier", hörte er die junge Frau rufen. Wilhelm folgte der Stimme und ging auf die nächste offene Tür zu – in der er ruckartig stehen blieb.

Auf einem Sofa saß die Frau nach der er sich sehnte – aber wie! Diesmal ganz in weiß gekleidet, mit einer fast durchsichtigen, halb geöffneten Bluse und einem Minirock, sah sie den Mann an, als wollte sie ihn hypnotisieren.

Langsam schob sie ihren Rock hoch, bis es nicht mehr weiter ging. Schon als Heike die Hälfte des Rockes hochgeschoben hatte, war sich Wilhelm sicher, dass sie nichts drunter anhatte, und er hatte sich nicht getäuscht – sie trug nur die Bluse und den Rock und sonst nichts!

Hielt Heike die Beine bis jetzt geschlossen, spreizte sie diese nun weit auseinander und stellte die Fersen ihrer Füße auf die Sofakante. Sie gab ihren ganzen rasierten Venushügel seinen Blicken preis und ließ ihn dabei nicht aus den Augen.

Die Frau zog nun mit beiden Händen ihre Scheide auseinander, so dass ihre Lustperle und auch der Eingang zu ihrer Liebesgrotte deutlich zu sehen waren!

Eine Weile ließ Heike diesen Anblick auf ihren Wilhelm wirken. Dann wanderte ihre linke Hand zur rechten Brust und sie begann diese zu kneten.

Die rechte fand den Weg in ihre nasse Spalte und wanderte hoch zum Kitzler um diesen zu verwöhnen. Dann ließ sie zwei Finger die Scheide hinunter gleiten bis zum Eingang ihres Liebestunnels, um dann so tief wie möglich darin zu verschwinden.

Dann wieder hoch zur Perle und wieder runter in den Tunnel und wieder hoch – Heike masturbierte vor den Augen ihres Partners! Aus ihrem halb geöffneten Mund kam ein immer lauter werdendes Stöhnen. Dabei saugten sich ihre Augen an der großen Beule in seiner Hose fest.

Wie lange würde ihr Wilhelm es aushalten untätig zuzusehen, wie sich seine Partnerin selbst befriedigte? Wie lange würde es dauern bis er sich die Kleider vom Leib riss, sich auf sie stürzte, um seinen Steifen in ihr zu versenken?

Doch der junge Mann, war so fasziniert von dem, was da wenige Schritte vor ihm geschah, dass er sich nicht rühren konnte. Doch das sollte sich bald ändern.

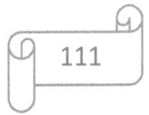

Denn in seinen Lenden pochte wie verrückt und sein Steifer wollte nichts anderes, als bei ihm aus der Hose und bei ihr in den Tunnel rein! Heike war kurz davor zu kommen, doch das wollte sie nicht, ohne dass sein Lustkolben in ihr steckte!

„Nun komm doch endlich! Ich sehe doch, dass du es nicht mehr aushalten kannst. Ich bin gleich soweit!" forderte sie etwas gequält ihren Partner auf und wirklich, unter ihr auf dem Sofa hatte sich schon ein dunkler nasser Fleck gebildet.

In Sekunden hatte Wilhelm sich jeder Kleidung entledigt. Nur vier große Schritte und er kniete vor ihr und brachte seinen Steifen in Position. Heike machte es ihm leichter, indem sie etwas weiter runter rutschte und ihre Beine auf seine Schultern legte.

Er packte sie an den Hüften und mit einem einzigen Stoß versenkte er seinen Harten komplett in ihr. Seine Partnerin gab einen kurzen Schrei von sich, als er sich seinen Weg in ihren Tunnel bahnte.

„So ist es gut. Füll meinen Honigtopf bis zum letzten Winkel und stoß mich. Ja, mehr und schneller. Ich komme, ich komme! Jaaa..." Bei den letzten Worten bäumte sie sich auf.

Heike warf den Kopf hin und her und stieß kurze Schreie aus, während die Lustwellen des Höhepunktes durch ihren Körper jagten. Dabei knetete sie ihre Halbkugeln, als wären diese aus Gummi. Gut, das die beiden alleine im Haus waren und Heike in weiser Voraussicht alle Fenster geschlossen hatte!

Wilhelm blieb einen Moment still in ihr. Er war beinahe erschrocken von dieser Extase, dieser Hingabe, dieser scheinbar nicht enden wollenden Lust. So hatte er seine Partnerin noch nie erlebt!

„Nicht aufhören, weiter machen", wurde er lautstark von Heike aufgefordert. Das ließ er sich nicht zweimal sagen, zumal er selber kurz vor dem Höhepunkt stand. Nach wenigen Stößen explodierte Wilhelm ganz tief in ihrem Honigtopf. Mit einem Schrei bohrte er sich ein letztes Mal in sie hinein und füllte mit seinem Saft ihren Tunnel.

Das trieb Heike in den nächsten Orgasmus und man sah für kurze Zeit zwei sich windende Menschen, die sich dem schönsten aller Gefühle hingaben. Die Frau umklammerte jetzt mit ihren Beinen Wilhelms Po und feuerte ihn an weiter zu machen – und er machte weiter!

Seine Partnerin hatte aber noch nicht genug. Während er sie weiter mit seinem Luststab verwöhnte, begann Heike mit einer Hand ihren Kitzler nach allen Regeln der Kunst zu verwöhnen. Sie umkreiste und drückte ihn, immer heftiger und schneller, bis sie sich unter dem nächsten Orgasmus aufbäumte.

Ihr Partner war in diesem Moment für sie eine zusätzliche Stimulation. Wilhelm sah nur wie leicht es möglich war richtige Lust zu empfinden, zu zeigen und auszuleben.

Nachdem Heike langsam wieder ruhiger wurde, merkte sie, dass ihr Partner scheinbar auch kurz davor war, wieder zu kommen. Sie zog ihn zu sich runter und küsste ihn.

„Warte bitte, versuch jetzt noch nicht zu kommen", verlangte sie von ihm. Wilhelm brauchte alle Willenskraft um diesen Wunsch nachzukommen.

„Danke, dass ich mich gehen lassen durfte!" fuhr Heike fort. „Ich brauchte das so dringend und ich habe dir für heute ja auch Besonderes versprochen."

Wilhelms Steifer ruhte immer noch ganz in ihr. „Du brauchst dich doch nicht zu bedanken", antwortete er.

„Ich fand das einfach nur", er zögerte etwas und fügte dann das Wort hinzu, das er noch nie ausgesprochen hatte „geil". Die schöne Frau unter ihm bewegte sich. „Bitte nicht bewegen, sonst..."

Heike sah ihn mit glänzenden Augen an. „dir geht es also auch so, wie mir?! Ziehst du deinen Lustkolben langsam raus? Du wirst dich gleich in mir austoben können, aber ich möchte dir eine andere Stellung zeigen."

Wilhelm machte langsam und vorsichtig, was er sollte und erhob sich. Erst jetzt merkte er wie sehr ihm seine Knie schmerzten. Dieser Schmerz half ihm aber dabei, sein pochendes Glied etwas zu beruhigen.

Heike erhob sich auch und zog endgültig Rock und Bluse aus. Auf dem Sofa war aus dem kleinen nassen Flecken ein großer geworden. Wilhelm sprach sie darauf an, aber Heike meinte nur, das wäre nicht weiter schlimm.

Sie ging zu dem kleinen runden Tisch, der in einer Ecke des nicht sehr großen Wohnzimmers stand. Bei jedem ihrer Schritte liefen ihr die gemeinsamen Liebessäfte an den Innenseiten der Schenkel hinunter. Das störte sie aber nicht im Geringsten.

Wilhelm hingegen war am Sofa stehen geblieben und bewunderte wieder einmal ihre makellose Figur – und ihre Brüste, die bei jedem Schritt auf und ab wippten.

Heike ging zielstrebig auf einen der beiden Stühle zu, mehr standen nicht an dem Tisch, nahm ihn in die Hand und stellte den Stuhl dann so ab, dass er ihrem Partner zugewandt war.

„Komm setz dich", forderte sie ihn auf. Der war überrascht, aber natürlich ging er zum Stuhl und setzte sich. Diesmal war es Heike, die mit gierigen Augen beobachtete, wie Wilhelms Glied sich bei jedem Schritt hin und her bewegte! Sie beglückwünschte sich dazu, diesen Mann kennen gelernt zu haben.

Die junge Frau stellte sich vor ihm hin und fragte: „Bist du bereit für etwas Neues?" Natürlich war Wilhelm zu allem bereit, deshalb nickte er nur.

Heike kam ganz nahe heran und stellte ihren rechten Fuß auf seinen linken Oberschenkel. „Sieh genau hin", flüsterte sie. Dann zog sie ihre Schamlippen wieder mit ihren beiden Händen auseinander und bot seinen Augen ihre weit geöffnete Liebesmuschel dar.

Der Kitzler, der Eingang zu ihrem Tunnel, aus dem sich gerade ein Tropfen ihrer Säfte löste, alles war deutlich zu sehen. Wilhelm bekam Stielaugen und eine Gänsehaut. So deutlich und nah hatte er ihre ganze Scham nach dem Akt noch nicht gesehen!

„Wenn dir gefällt, was du siehst und wenn du dich weiter darin austoben willst, dann mach deine Beine zusammen", kam als nächste Anweisung von ihr. Gehorsam und gespannt, auf das, was sie vorhatte, tat er was sie von ihm verlangte.

Heike musste schmunzeln. Es sah wirklich sehr komisch aus, wie ihr Partner seine Beine krampfhaft zusammen presste und sein Glied in aller Pracht und Größe daraus hervor ragte.

Breitbeinig stellte sie sich jetzt über ihn und setzte sich auf seine Schenkel. Dann nahm sie seinen Freudenspender in die Hand und streichelte mit der Eichel mehrmals über ihren Kitzler und um diesen herum. Wilhelm stöhnte seine Lust und Not hinaus. Ideen hatte Heike, das war ein Wahnsinn!

Jetzt veränderte sie ihre Haltung etwas, erhob sich ein Stück und führte seine Steifen vor den Eingang ihrer Himmelspforte.

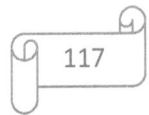

Wilhelms Partnerin verharrte einen Augenblick und ließ sich dann langsam auf sein bestes Stück herab. Ganz bewusst nahm sie ihn cm für cm in sich auf. Plötzlich erhob sie sich wieder und ließ sich dann schnell auf ihn zurückfallen. Das wiederholte Heike mehrere Male zügig hintereinander.

Wilhelm war logischer Weise noch nie von einer Frau geritten worden. Er wusste überhaupt nicht mehr, wohin mit seiner Lust. Darum tat er aus seiner, und auch Heikes Sicht, das einzig richtige: seine Hände griffen ihre Halbkugeln, kneteten diese und bearbeiteten die ohnehin schon harten Nippel!

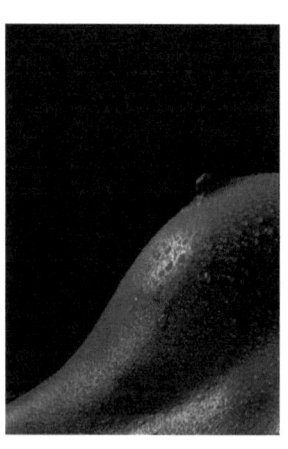

Die junge Frau antwortete darauf mit einem kurzen Schrei. Der wurde aber zum größten Teil von Wilhelm erstickt, weil er sie küsste und seine Zunge mit der ihren spielte.

Heike begann ihn immer schneller und wilder zu reiten. Als sie merkte, dass er Mühe hatte seinen Höhepunkt hinaus zu zögern, verhielt sie sich still und wartete, bis er sich wieder beruhigt hatte. Das musste sein, denn für sein Finale hatte sich Wilhelms Partnerin etwas Besonderes ausgedacht.

Darum erhob sie sich etwas und ließ seinen Steifen aus ihrem Honigtopf. Wilhelm war überrascht, denn bis jetzt war er davon ausgegangen, dass sie ihn bis zum Ende reiten wollte.

Heike lächelte ihn an, nahm dann seinen Freudenspender in die Hand und machte mit ihm das gleiche Spiel wie vorhin. Sie strich mit ihm durch ihre Spalte und über ihren Kitzler. Immer schneller und härter, zum Schluss nur noch über ihre Perle.

Wilhelm hatte zwar immer noch ihre Brüste in den Händen, aber er hielt sie praktisch nur noch fest, so sehr konzentrierte er sich auf das, was Heike mit seinem Prachtstück machte.

Aber mit seiner Beherrschung war es nun vorbei. Mit einem laut gestöhnten „Ja", kam er und pumpte seine Sahne in ihre Spalte, über die harte Lustperle und über die Hand seiner Partnerin.

Genauso hatte Heike es gewollt. Während Wilhelm sich unter ihr verausgabte und sein stöhnen leiser wurde, fuhr sie noch ein paar Mal ganz fest mit seinem Glied durch ihren eben gesalbten Honigtopf und kam auch.

Ihr Partner hatte sich wieder etwas gefangen und merkte, was mit ihr los war. Er beugte sich vor und begann an dem Nippel ihrer rechten Brust zu saugen. Heike schrie kurz auf. „Du kleiner Teufel!" während der Orgasmus durch ihren Körper tobte.

Unvermittelt zog sie ihn von ihrer Brust weg, richtete sich etwas auf und setzte sich wieder auf sein Glied. Die junge Frau begann wieder zu reiten, diesmal so wild und schnell, dass Wilhelm hören und sehen verging.

Er packte Heike an den Hüften, um sie festzuhalten, dabei immer diese wie wahnsinnig hüpfende Brüste vor Augen. Sie kam noch einmal, jedoch nicht mehr so heftig und anhaltend wie vorher.

Als dieser kleine Orgasmus vorbei war, fiel sie ihrem Partner schwer atmend und keuchend um den Hals. Die beiden jungen Leute waren geschafft. Sie hatten sich für die Schönste Sache der Welt verausgabt. Die zwei verharrten einige Minuten schweigend in dieser Stellung.

„Das war ganz toll!" flüsterte Heike ihrem Wilhelm ins Ohr, nachdem sie wieder zu Atem gekommen war. „Ich fand es super und weiß jetzt erst Recht, was ich in den letzten Jahren versäumt habe!" gab er zur Antwort.

Die junge Frau richtete sich auf und meinte: „Wir sollten duschen." Wilhelm sah erst sie an und dann an sich herunter. Heike hatte Recht, sie sahen beide aus, als säßen sie in der Sauna. Plötzlich wurde auch die Wärme im Zimmer unerträglich.

„Ja, das machen wir", antwortete er lächelnd. Seine Partnerin sah das verschmitzte Lächeln und konnte ein kurzes Lachen nicht verkneifen. „Ich meinte duschen, nur duschen und nichts anderes. Wir beide können eine Pause dringend gebrauchen."

Bei diesen Worten erhob sie sich und sein bestes Stück ließ gleich den Kopf hängen, als er aus seiner Gefangenschaft entlassen wurde.

Betrübt sah er sich die Bescherung an. Heike musste bei diesem Blick schon wieder lachen und gab ihm einen Kuss. „Mach dir nichts draus. Bei den meisten Männern passiert das schon nach dem ersten Mal. Wir werden uns jetzt ausruhen und dann werde ich schon dafür sorgen, dass er wieder steht wie eine Eins! Geh doch schon mal ins Bad, da vorne die Tür auf der linken Seite, ich werde jetzt sämtliche Fenster aufmachen. Die Hitze hier drin ist wirklich nicht mehr schön."

Das war nicht weiter verwunderlich bei den Aktivitäten im Zimmer und gleichzeitig der Wärme draußen. Wilhelm stand schon unter der Dusche, als Heike ins Bad kam. Sie gesellte sich zu ihm und die beiden wuschen sich gegenseitig. Sie tauschten dabei Zärtlichkeiten aus.

Das war schön und machte Spaß, aber dabei blieb es auch. Nachdem die beiden sich dann abgetrocknet hatten, löschten sie ihren Durst mit kalten Getränken aus dem Kühlschrank. „Wir sollten ins Bett gehen, um uns wirklich noch etwas auszuruhen. Du hast doch noch Zeit, oder?"

„Habe ich, aber gegen 22:00 Uhr muss ich weg." Die junge Frau strahlte ihn an.

Heike freute sich sehr darüber, dass Wilhelm ihr noch weiter Gesellschaft leisten würde. Sie fühlte sich sehr wohl in seiner Gesellschaft, auch ohne Sex. Heike stutzte, was hatte sie da gerade gedacht? Ohne Sex? Völliger Blödsinn, denn darum ging es doch nur. Etwas verunsichert ging sie voraus zum Schlafzimmer und öffnete die Zimmertür.

Wilhelm war überrascht, wie schön das nicht sehr große Zimmer eingerichtet war. Mitten im Raum stand ein großes Bett mit Gitterstäben am Kopfende und der ganze Fußboden war mit dicken flauschigen Teppichen belegt. Als die beiden zum Bett gingen, sanken sie bei jedem Schritt ein.

Heike legte sich ins Bett, drehte sich auf die Seite und zeigte ihm ihr rückwärtiges Profil. „Komm, leg dich zu mir, auch auf die Seite und mit deiner Brust an meinen Rücken. Das nennt man Löffelchen Stellung."

Wilhelm zögerte, denn er hatte erst jetzt den runden Spiegel an der Decke gesehen. Wer im Bett auf dem Rücken lag, konnte sich darin so oft er wollte bewundern.

Er war immer noch unentschlossen und äußerte schüchtern seine Bedenken.

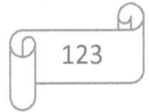

„Meinst du wirklich, dass es deiner Freundin recht ist, wenn zwei Fremde nackt in ihrem Bett liegen? Also mich würde das stören!" Sie wandte ihm ihren Kopf zu und meinte nur: „Da brauchst du dir keine Sorgen machen, die hat nichts dagegen! Nun komm schon ins Bett, damit wir Kraft sammeln können für die nächste Runde!" lockte Heike ihren Wilhelm zu sich.

Der scheuchte seine Bedenken zur Seite und legte sich so zu der jungen Frau, wie sie es sich wünschte. Ihm fiel es auf einmal wie Schuppen von den Augen: in den letzten Tagen hatte er vieles in seinem Leben getan, was er vorher noch nie gemacht hatte, zumindest was den Sex betraf. Nun lag er auch noch mit einer nackten Frau im Bett und es war ein herrliches Gefühl!

Diese Frau ahnte nichts von seinen Gedanken und Gefühlen, aber sie spürte, dass er diese Situation genoss. Heike war gespannt darauf, wie er mit ihr umgehen würde. Wilhelm legte seinen rechten Arm über ihren Kopf und den linken über ihre Brüste, wobei er mit der Hand ihre rechte Brust fest umschloss, so als wollte er sie nicht wieder loslassen. Sie spürte in ihrem Nacken seinen Atem und Wilhelms vorsichtige Küsse am Hals.

Als er nach einer Weile seine Hand von ihrem Busen löste und langsam weiter nach unten wandern ließ, öffnete sie ihre Beine soweit, dass er ihren Venushügel mit der Hand bedecken konnte. Danach presste sie ihre Beine so zusammen, dass er sie dort liegen lassen musste!

Auf einmal fing Wilhelm an zu erzählen. Von dem Heft, dass er am Tag nach dem ersten Zusammensein im Hühnerstall gefunden hatte. Sein Erlebnis mit Timo und Sascha, was Heike zu einem leisen kichern veranlasste. Dann von den Geschichten die sein Vater erlebt und zur Erinnerung aufgeschrieben hatte. Er beschrieb aber auch die Sachen, welche er als absolut ekelhaft empfand.

Heike wurde unruhig. Ihr Partner schilderte einige Szenen aus diesen Geschichten so genau, als würde er aus diesem Heft zitieren. Das wiederum brachte ihr Blut in Wallung. Auf der anderen Seite, waren es gerade einige solcher Sachen, die sie ihm heute noch zeigen wollte. Ob das mit ihm machbar war? Sie beschloss, langsam das Heft wieder in die Hand zu nehmen und zum Angriff über zu gehen.

Heike öffnete ihre Beine wieder und machte Anstalten sich auf den Rücken zu legen.

Wilhelm rückte etwas zur Seite und bewunderte wieder diesen makellosen Körper, zumal die junge Frau ihren Busen gezielt in die Höhe reckte und ihre Beine weit spreizte.

Heike bewunderte sich einen Moment lang in dem Spiegel an der Decke. Da ihr Partner immer noch auf der Seite lag, drehte sie sich zu ihm hin und hielt ihm ihre Halbkugeln direkt vor das Gesicht.

Wilhelm verstand die Aufforderung. Er küsste die Brüste und hinterließ dann mit der Zunge eine feuchte Spur auf der samtweichen Haut. Intensiv beschäftigte er sich mit ihren Vorhöfen und den Brustwarzen. Dann saugte er mal von der rechten, mal von der linken Halbkugel möglichst viel Brust in den Mund und begann an den Nippeln zu knabbern.

Er fing die beiden Möpse immer wieder nacheinander mit dem Mund ein. Da er auf seinem rechten Arm lag, konnte er nur mit seiner linken Hand ihren Rücken streicheln, den knackigen Po kneten und auch einen Finger in ihrer längst wieder bereiten und feuchten Höhle verschwinden lassen – was Heike mit einem lauten Stöhnen quittierte.

Das war der Zeitpunkt, an dem sie seinen Kopf an ihren Busen zog, damit er bloß nicht aufhörte. Ein elektrisierendes Kribbeln zog durch ihre Oberweite und machte sich auf den Weg hinunter zu ihrem Schoß.

Auch wenn Wilhelm ihre Milchbar richtig toll verwöhnte, stellte sich Heike vor, er würde mit seinem Mund das Gleiche auch an ihrer Scheide machen. Das war es nämlich, wonach sie sich so sehr sehnte. Allein der Gedanke daran stimulierte sie noch mehr.

Doch genau das war eines der besonderen „Igitt" Dinge, von denen ihr Partner in dem Heft seines Vaters gelesen hatte. Sie schob Wilhelm leicht von sich weg und meinte zu ihm: „Legen wir uns doch auf den Rücken und betrachten uns im Spiegel."

Sie legte sich zuerst in diese Position und er machte es ihr nach. Dann spreizte sie ihre Beine weit auseinander. Das nutzte sie, um sich mit ihrer rechten Hand zwischen den Beinen zu streicheln, während sie mit der Linken das Glied ihres Partners umfasste und mit schnellen auf und ab Bewegungen wieder Leben in sein bestes Stück pumpte.

Wilhelm lag ein bisschen ungünstig und konnte nur mit einer Hand ihre Halbkugeln bearbeiten. Er konnte keinen Blick von dem Spiegel wenden und sah, wie Heike begann sich unruhig zu bewegen. Das war ein deutliches Zeichen dafür, dass sie bereit war zu mehr!

Die junge Frau zwang sich jetzt mit allem aufzuhören. Sowohl bei Wilhelm, dessen Prachtstück wieder in voller Größe stand, als auch bei sich selber. Dabei wäre es ihr ein leichtes gewesen, sie beide zum Höhepunkt zu bringen, doch sie wollte diesen ganz anders erreichen!

Hauptsache ihr Partner machte dabei mit! Der Mann an ihrer Seite war gespannt darauf, was nun geschehen sollte, denn das sie jetzt was anderes plante, war ihm sofort klar.

„Du Wilhelm", sprach sie ihn mit einer schmeichelnden Stimme und ihrem süßesten Lächeln zu dem sie in der Lage war, an. „Du hast mir erzählt, dass einige Sachen, die dein Vater in dem Heft beschrieben hat, unvorstellbar für dich sind. Meinst du das ernst, oder können wir davon etwas ausprobieren?"

Sie strahlte ihn an und begann wieder mit einer Hand seinen Lustkolben zu verwöhnen. „Ich finde nämlich ein paar Sachen davon nicht nur toll, sondern ich sehne mich wirklich danach!" Diesen letzten Satz hatte sie ganz bewusst so gewählt und hoffte, dass er seine Wirkung nicht verfehlte. Heike ließ ihren Partner dabei nicht aus den Augen.

„Vielleicht kannst du dich ja überwinden und mit mir etwas ausprobieren, aber wenn du nicht möchtest, bin ich dir nicht böse!" Jetzt konnte Wilhelm nicht mehr „Nein" sagen. Er hatte ja auch gesagt, dass er bereit war, alles von ihr zu lernen!

„Sag mir, was ich machen soll", das kam etwas zögerlich und klang gequält, weil er sich damit in ihre Hände gab. Heike gab ihm einen Kuss und sagte: „Danke, dass du mir vertraust. Erst einmal sollst du genießen, bevor du mich dann verwöhnen kannst. Du wirst merken, wie schön das ist, was ich mit dir vorhabe! Mach bitte die Augen zu!"

Wilhelm tat was sie verlangte und Heike bewegte sich im Bett nach unten. Sie nahm sein Glied in die Hand und gab ihm einen Kuss auf die Spitze. Ihr Partner saß sofort im Bett. „Was, was..." weiter kam er nicht, denn sie ließ nun ihre Zunge erst über die Eichel und dann am ganzen Schaft nach unten wandern!

Wilhelm saß schwer atmend und mit hochrotem Kopf im Bett und beobachtete, was Heike da unten mit seinem Prachtstück machte. Unbeschreiblich waren die Empfindungen, die durch seinen Körper jagten!

Doch Heike war noch nicht fertig. Sie legte den Kopf auf die Seite, sah ihm direkt in die Augen – und nahm sein Glied in den Mund! Ein lauter Schrei, ein „Oh Gott" und er ließ sich ins Kissen zurückfallen.

Seine Hände verkrampften sich in dem Bettlaken und mit unnatürlich großen Augen starrte er in den Spiegel. Heike ließ sich nicht beirren und machte langsam weiter. Wilhelm sollte dieses erste Mal genießen und nicht mehr vergessen.

Sie verwöhnte ihn nach allen Regeln der Kunst und der Erfolg ließ nicht lange auf sich warten. Ihr Partner stöhnte auf einmal ganz laut, bäumte sich auf und kam!

Gerade rechtzeitig entließ sie sein Glied aus ihrem Mund und lenkte seine Milch über ihren Busen, was gar nicht so einfach war, denn ihr Wilhelm bewegte sich ziemlich heftig. Der Orgasmus und diese Frau hatten ihn im Griff – im wahrsten Sinn des Wortes!

Heike hatte seinen Lustkolben nämlich nicht losgelassen und pumpte ihn, bis kein Tropfen mehr kam. Dann legte sie sich auf den Rücken, ihren Kopf neben Wilhelms Unterleib, aber mit den Beinen neben dessen Kopf.

Sie begann seinen weißen Saft auf ihren Halbkugeln zu verteilen und einzumassieren. Als sie merkte, dass sein Glied den Kopf hängen ließ, was nach dem dritten Orgasmus ja auch verständlich war, gönnte Heike der feuchten Spitze ein paar Zungenschläge.

Wilhelm war fassungslos. Was machst du da? Da ist doch jetzt alles voller Sperma und du gehst mit der Zunge dabei. Du bist verrückt!"

„Ja, ich bin verrückt! Nach dir, deinem Körper, deinem Lustkolben, deinen Säften und deiner Zärtlichkeit! Ist das so schlimm? Sei mal ganz ehrlich, hat es dir denn eben nicht gefallen?"

Bei diesen Worten sah sie ihren Partner mit glänzenden Augen an. Er zögerte mit der Antwort, erwiderte ihren Blick und begann zu lächeln. „Ich hätte es nie für möglich gehalten, aber das war der schönste Höhepunkt, den ich bisher mit dir erlebt habe!"

Heike jubilierte innerlich. Sie freute sich wirklich für ihn und war sich jetzt auch sicher, dass er ab sofort jeder Neuigkeit aufgeschlossen gegenüber stand. „Das kann sogar noch besser werden, aber alles zu seiner Zeit", machte sie ihn schon neugierig auf das nächste Mal.

„Jetzt möchte ich aber auch so einen Orgasmus haben, wie du ihn hattest!" Heike war gespannt darauf, ob Wilhelm die Andeutung verstand, die in diesem Satz versteckt war. Der sah sie an und man merkte, wie es in ihm arbeitete.

„Du meinst, ich soll dich auch mit dem Mund zum Höhepunkt bringen?" flüsterte er fast. „Ja, das wäre wunderbar, denn auch ich erlebe so immer einen fantastischen Orgasmus. Natürlich nur, wenn du bereit dazu bist", gab sie ebenso leise zurück.

Statt einer Antwort senkte er seinen Kopf in Richtung ihres Liebesdeltas. „Warte, ich lege mich etwas anders hin", wurde er von ihr kurz aufgehalten. Sie drehte sich so, dass ein Bein neben seinen Kopf und das andere auf seiner Hüfte lag. Nun lag sie weit gespreizt und offen für ihn da.

„Komm, mach es mir! Ich halte es kaum noch aus!" Zum Beweis zog sie ihre Schamlippen mit beiden Händen auseinander und zeigte ihm damit ihre erregte und harte Perle. Wilhelm zögerte nicht länger und gab ihr einen Kuss auf das vorwitzige kleine Ding. Noch nie hatte er Heikes Liebesdelta so vor Augen gehabt, keine Worte hätten ausgereicht es zu beschreiben!

Seine Partnerin stöhnte auf. Der nächste Kuss dauerte schon länger und war fester. Beim übernächsten saugte er bereits etwas und dann begann er Heikes Lustperle mit seiner Zunge zu necken. Die junge Frau nahm jetzt ihre Hände weg und überließ es Wilhelm sich mit ihrem Honigtopf zu beschäftigen, während sie ihre Halbkugeln massierte.

Sie spürte, dass ihr Partner keine Hilfe und Anweisung mehr brauchte. Das war auch wirklich nicht nötig. Nachdem sie ihre Hände weggenommen hatte, über nahmen seine diesen Platz. Es war auch kein „Igitt" sondern es bereitete ihm wirklich Freude, seine Partnerin zu verwöhnen.

So ließ er seine Zunge in ihrer Scheide immer schneller hoch und runter gleiten. Vom Kitzler bis zum Eingang ihrer Höhle. Auf einmal bäumte sich Heike auf. Ihre Hände drückten Wilhelms Gesicht plötzlich so fest auf ihre Scheide, das er kaum noch Luft bekam.

Sie schrie etwas, dass er nicht verstand, aber das war auch nicht nötig. Die junge Frau kam zum Höhepunkt und er ließ automatisch seine Zunge so schnell und fest wie möglich mit ihrer Lustknospe spielen.

Nach einer Weile hörte sie auf zu zucken und ließ seinen Kopf los. Wilhelm hob ihn hoch um besser Luft zu bekommen, da schrie sie schon wieder. „Hör nicht auf, mach weiter und geh mit deinen Fingern in meine Höhle!"

Schon wieder etwas neues, aber da hätte er auch selber drauf kommen können, dachte sich der junge Mann. Er tat also, um was Heike ihn gebeten hatte und erlebte ein kleines Wunder: gefühlt dauerte es nur Sekunden bis sie den nächsten Orgasmus hatte und sich gebärdete wie ein Frau die schon lange keinen Sex mehr gehabt hatte!

Als die Lustwellen durch ihren Körper jagten zuckte und wandte sie sich mit einer Wucht hin und her, dass er alle Mühe hatte, seine Zunge und die Finger an Ort und Stelle zu halten.

Nachdem bei Heike die Lustwellen verebbten und sie sich wieder beruhigt hatte, zog sie Wilhelm zu sich hoch und knutschte ihn ausgiebig. „Weißt du jetzt, wie fantastisch diese Art von Sex ist? Es war wunderbar und bei mir kribbelt es immer noch im Unterleib!" meinte sie dann zu dem Mann, der sie noch vor wenigen Minuten auf den Gipfel der Lust katapultiert hatte. „Wie war es für dich?"

Wilhelm brauchte nicht lange zu überlegen. „Ich fand es auch ganz toll! Jederzeit wieder!" gab er zur Antwort und fügte hinzu. „Jetzt ist aber schon wieder eine Dusche fällig und auf die Zeit muss ich auch langsam achten." „Das ist schade, aber du hast recht", erwiderte Heike. Täuschte er sich, oder klang das sogar ein bisschen traurig?

Das Duschen ging diesmal recht schnell. Die beiden legten sich lieber noch für einen Augenblick zum kuscheln ins Bett, um den Abend ausklingen zu lassen.

„Ich finde es ganz toll, wie du dich gehen lassen kannst und wie oft du kommst. Da kann ich leider nicht mithalten", meinte Wilhelm und schaute betrübt auf seinen jetzt kleinen „Großen"!

„Drei Mal für einen Mann in dieser kurzen Zeit ist super. Außerdem bin ich mir sicher, dass du noch einmal könntest, wenn du noch Zeit hättest und ich mich intensiv mit dir beschäftigen würde!" schnurrte Heike wie ein Kätzchen. „Im Übrigen kann ich mich so gehen lassen, weil ich dir vertraue und das meine ich ernst! Außerdem macht mich das Liebesspiel mit Mund und Zunge rasend – wie du eben selber gemerkt hast.

Es gibt für mich nichts Schöneres, Intensiveres und es gibt auch dafür noch verschiedene Varianten, die ich dir heute noch nicht gezeigt habe, weil ich dir diese teilweisen extremen Dinge noch nicht zumuten wollte!"

Wilhelm sah sie mit großen Augen an. „Noch mehr? Wann zeigst du mir, was es noch gibt?" Heike musste lachen. „Ich zeige dir alles was du willst. Die nächsten drei Tage habe ich aber kaum Zeit. Was hast du für eine Schicht?"

„Frühschicht." „Dann melde ich mich bei dir im Studio. So, jetzt musst du dich anziehen und nach Hause, damit deine Mutter keinen Verdacht schöpft."

„Du ziehst dich nicht an?" fragte Wilhelm erstaunt. „Nein, ich entspanne mich noch etwas und warte auf meine Freundin. Wenn du wieder in dem Heft von deinem Vater liest, dann denk nicht gleich „Igitt", sondern sei offen für das Neue! Du mein Kleiner schonst dich und sammelst Kräfte für das nächste Mal!" Bei diesen Worten beugte sie sich hinunter und gab seinem Glied noch einen Abschiedskuss.

Wilhelm holte tief Luft, war blitzschnell mit dem Kopf unten und saugte an ihrem Kitzler. Heike ließ sich das gerne gefallen.

Sie genoss dieses großartige Gefühl für einen Moment und zog ihn dann weg. „Du musst los! Wenn wir noch Zeit hätten, dann...", flüsterte sie mit blitzenden Augen. Sie küssten sich noch einmal innig, bevor Wilhelm sich endgültig anzog, zum Auto ging und losfuhr.

Unterwegs im Auto pfiff Wilhelm fröhlich eine Melodie vor sich hin und war in Gedanken schon bei dem nächste Treffen mit Heike. Es war mehr als ungewöhnlich für ihn, dass sich seine Gedanken nur um Sex drehten.

Er war ehrlich genug, sich einzugestehen, dass die letzten Tage etwas Besonderes gewesen waren. Heike war eine tolle Frau und ein Glücksfall für ihn, aber Wilhelm hatte Angst davor, dass sie eines Tages sagte: „Ich habe dir alles gezeigt, jetzt brauchst du mich nicht mehr!" Er plante mit Heike also seine Zukunft, das war ihm aber nicht bewusst. Er konnte nicht wissen, dass ihm das Schicksal schon bald einen dicken Strich durch die Rechnung machen würde.

Wilhelm musste vor einer roten Ampel halten. Nur 50m vor ihm, war auf der rechten Seite eine Kneipe, die viel von jungen Leuten frequentiert wurde. Die Tür ging auf und im Lichtkegel der Eingangsbeleuchtung erschien eine weibliche Gestalt – es war Alessya!

Sie ging nach rechts, ganz offensichtlich zum Parkplatz, der auf der Rückseite des Gebäudes zu finden und von der Straße aus nicht mehr einsehbar war.

„Das muss ich mir merken! Vielleicht kann ich sie hier mal ganz „zufällig" treffen", dachte sich Wilhelm. Die Ampel war schon grün, aber da kein Auto hinter ihm stand, verfolgte er Alessya mit seinen Blicken, bis sie nicht mehr zu sehen war.

Er wollte gerade anfahren, da ging die Tür wieder auf und zwei junge Männer waren zu sehen. Sie sahen nach rechts und links und der eine deutete dann in Richtung Parkplatz.

Die beiden hatten es eilig, denn sie fingen an zu laufen. Als sie aber die Ecke des Hauses erreichten, blieben sie stehen und der eine sah vorsichtig um sie herum. Er nickte seinem Kumpel zu und die zwei bogen um die Ecke.

Wilhelm konnte sie nicht mehr sehen und hatte sofort ein sehr ungutes Gefühl. Er fuhr los, obwohl die Ampel nun wieder rot war. Der Mann nahm die Einfahrt zur Kneipe und stellte sein Auto einfach an der Seite ab und stieg aus.

Er machte es wie die beiden Männer, da er nicht gesehen werden wollte, wenn alles in Ordnung war und seine Ahnung sich nicht bestätigte. Aber als Wilhelm vorsichtig um die Ecke des Gebäudes sah, wurden seine Befürchtungen bestätigt.

Alessya wurde von den beiden Burschen bedrängt! Langsam und gebückt, die Deckung der parkenden Autos ausnutzend, schlich er sich näher heran. Ungefähr 10m, eigentlich wollte er näher heran, hinter den beiden, richtete er sich auf, denn für Alessya schien die Situation bedrohlich zu werden!

„Lasst mich in Ruhe, oder ich schreie!" hörte Wilhelm sie gerade sagen. Dabei schlug sie den Arm eines der beiden Typen weg, weil er sie zu begrabschen versuchte. „Schrei doch, du Zicke!" meinte der andere. „Es hört dich doch sowieso keiner!"

Wilhelm richtete sich auf. „Ich höre es!" mit diesen Worten ging er auf die drei zu. „Gibt es Probleme Alessya?" Die jungen Männer zuckten zusammen und drehten sich um. Die von den beiden bedrängte Frau, nutzte die Situation, lief zu Wilhelm und stellte sich seitlich hinter ihn.

„Die zwei meinten, sie könnten mir an die Wäsche gehen." Er musterte die Burschen und irgendwie kamen sie ihm bekannt vor. Jetzt kamen die beiden auf ihn zu.

„Was mischt du dich hier ein? Verzieh dich, sonst...!" fauchte der eine regelrecht. „Sonst was?" fragte Wilhelm lächelnd.

Dabei kochte er innerlich vor Wut. „Komm, lass uns in die Kneipe laufen. Dort sind wir sicher, die sind schließlich zu zweit!" flüsterte Alessya in sein Ohr. Auch sie hatte dieses Lächeln wohl missverstanden, genau wie die beiden Typen.

„Lauf du, ich halte sie auf", flüsterte er zurück. „Kommt nicht in Frage, ich lass dich nicht alleine!" erwiderte sie. Die zwei standen jetzt vor ihnen.

„Was gibt es da zu flüstern? Abhauen für diese Tussy hier gibt es nicht. Erst uns heiß machen und dann kneifen. Nicht mit uns!" „Ich gebe euch noch die Gelegenheit friedlich zu verschwinden", mischte sich Wilhelm ein.

Die beiden Burschen sahen sich an und lachten. Alessyas Angst wurde immer größer, um sich und um den Mann, der ihr zur Hilfe gekommen war. Doch alleine lassen, wollte sie ihn auf gar keinen Fall.

Sie sah sich wieder einmal um, aber von der Straße aus war der Parkplatz nicht einzusehen und von den Gästen der Kneipe kam auch niemand. Natürlich hätte sie längst mit dem Handy die Polizei gerufen – doch der Akku war leer! Das hätte auch nichts mehr genützt, denn auf einmal ging alles rasend schnell.

In dem Moment, als die beiden auf Wilhelm losgingen, um ihn zu verprügeln, stieß dieser Alessya schnell zur Seite, so dass sie fast gestürzt wäre. Auf der Erde lagen aber die beiden jungen Männer, wobei sie eigentlich gar nicht wussten, wie sie dahin gekommen waren. Die zwei krümmten sich vor Schmerzen und sahen Wilhelm mit großen angsterfüllten Augen an.

Alessya stand vollkommen überrascht etwas abseits und beobachtete die Szene. Als einer der beiden aufstehen wollte, meinte Wilhelm nur: „Liegen Bleiben!" und der Typ gehorchte sofort.

„Jetzt hört mir genau zu, ihr Sackgesichter! Wenn ihr, oder auch nur einer von euch, jemals wieder versucht Alessya anzumachen oder zu belästigen, dann sehen wir uns wieder. Ich habe euch nämlich erkannt und weiß wo ich euch finde. Heute habt ihr nur ein paar blaue Flecken, aber beim nächsten Mal landet ihr für vier Wochen im Krankenhaus!"

Wilhelm sah auf die beiden hinunter. „Haben wir uns verstanden?" Die beiden nickten. „Dann verzieht euch und lauft mir am besten nicht wieder über den Weg!" Etwas mühsam erhoben sich die zwei und entfernten sich, wobei der eine ziemlich heftig humpelte.

Wilhelm drehte sich um und ging zu Alessya. „Alles in Ordnung?" fragte er sie. Statt einer Antwort legte sie ihre Arme um seinen Hals, zog ihn zu sich herunter und gab ihm einen Kuss. Dann hauchte sie ein leises „Danke", lehnte ihren Kopf an seine Schulter und begann zu weinen. Wilhelm wusste nicht, wie ihm geschah und was er machen sollte..

Als Alessya ihn küsste, schien in seinem Kopf eine Sonne zu explodieren und jetzt lag sie an seiner Schulter und weinte! Was tun? Er hielt sie fest und ließ sie weinen. Die junge Frau beruhigte sich aber schnell und ließ ihn los. Die beiden standen sich gegenüber und sahen sich an.

„Was ist in der Kneipe geschehen, dass diese Typen glaubten, sie könnten bei dir landen?" wollte Wilhelm dann von Alessya wissen.

„Ich war mit einer Freundin hier und als wir kamen, waren nur noch zwei Plätze an ihrem Tisch frei. Wir setzten uns und es war alles soweit in Ordnung. Meine Freundin musste eher weg und ich wollte noch austrinken. Doch kaum war ich mit den beiden alleine, wurden sie ausfallend und anzüglich. Mir reichte es und ich ging. Den Rest kennst du ja."

Bei Alessya liefen wieder die Tränen. „Es ist mir schon ein paar Mal passiert, dass ich belästigt oder in einer Beziehung ausgenutzt wurde. Wenn ich ausgehe, ziehe ich mich extra schäbig an."

Das war Wilhelm allerdings auch schon aufgefallen. Die junge Frau verbarg ihr Aussehen unter einer beinahe unmöglichen Kleidung.

Es war nichts eng Anliegendes oder gar Durchsichtiges und die Farbkombination war auch unmöglich. Die junge Frau hoffte auf diese Weise einer Belästigung aus dem Weg zu gehen, vergeblich, wie man gesehen hat.

Die Tränen flossen nicht mehr und die beiden standen sich schweigend gegenüber und sahen sich an. Wilhelm hatte Herzrasen und einen Kloß im Hals, darum dauerte es eine Weile, bis er sagte: „Ich hoffe, du glaubst jetzt nicht, dass alle Männer Schweine sind! Das ist nämlich nicht so!"

Von Alessya kam ein langer tiefer Blick. Ein Blick aus grünen Augen, die ihn scheinbar hypnotisierten, zumindest empfand Wilhelm es so. Wie gerne hätte er ihr gesagt, dass sie die schönsten Augen der Welt hatte, aber er tat es nicht. Vielleicht hätte sie dann von ihm auch gedacht, dass er sie auch nur anmachen wollte.

Auf einmal trat Alessya ganz nah an ihn heran, umarmte und küsste ihn schon wieder, aber diesmal lang und sehr zärtlich. Dieser Mann, dieser Kampfsportler, der wenige Minuten zuvor die beiden jungen Burschen blitzschnell zu Boden geschickt hatte, war nun unfähig, von sich aus die Frau zu umarmen.

Obwohl sie weitgeschnittene Kleidung anhatte und sich auch nicht besonders fest an ihn drückte, konnte er doch ihre mächtige Oberweite an seiner Brust spüren. Das fand Wilhelm total erregend und er schämte sich fast dafür.

Alessya löste sich von ihm und ging auf seine Bemerkung ein. „Ich bin mir ganz sicher, dass nicht alle Männer Schweine sind!" meinte sie zärtlich und strahlte ihn an.

Wieder nahm sie ihn in die Arme und lehnte den Kopf an seine Schulter. Diesmal konnte sich Wilhelm überwinden. Seinen rechten Arm legte er quer über ihren Rücken. Mit der linken Hand streichelte er ihr über den Kopf und spielte mit ihren roten Haaren.

So standen die beiden, als gäbe es nur sie auf dieser Welt. Wie lange? Das konnte hinterher keiner sagen. Es war ihnen aber auch egal. Wer die zwei von weitem so stehen sah, der dachte, dass sich ein verliebtes Paar in den Armen hielt!

Als sich die beiden voneinander lösten, war klar, dass es etwas Besonderes zwischen ihnen gab. Wieder war es Alessya, die zuerst sprach. „Ich möchte mich gerne bei dir bedanken. Die nächsten beiden Tage kann ich leider nicht.

Wenn du Dienstag gegen 20:00 Uhr kommen könntest, dann werde ich etwas ganz Besonderes für dich vorbereiten! Kannst du das einrichten?"

„Nichts und niemand wird mich davon abhalten!" dachte Wilhelm. Laut sagte er: „Das ist wirklich nicht nötig, es war doch selbstverständlich, dass ich dir geholfen habe!"

Die Enttäuschung stand in ihr Gesicht geschrieben darum beeilte er sich hinzuzufügen: „Aber wenn du möchtest, komme ich sehr gerne!" Sofort strahlte sie wieder vor Freude.

„Ich wohne in der Braugasse neunzehn. Das ist eine Sackgasse. Du fährst bis zum Ende, es ist das letzte Haus auf der linken Seite. Du brauchst nicht klingeln, geh einfach rechts um das Haus herum auf die Terrasse."

„Ich werde pünktlich da sein", versprach Wilhelm. „Das freut mich sehr", antwortete sie und das meinte sie auch so. „Dann sehen wir uns Dienstag", verabschiedete sich Alessya und ging zu ihrem Auto. Bevor sie einstieg, drehte sie sich noch einmal um und winkte den bis jetzt stumm da stehenden jungen Mann zu sich heran.

„Es ist schon lange her, dass ich einem Mann meine Adresse gegeben habe, aber ich fühle, dass ich keinen Fehler gemacht habe!"

Völlig überraschend nahm Wilhelm ihren Kopf zwischen beide Hände und küsste sie zärtlich. Die junge Frau hatte das nicht erwartet, aber sie erwiderte seinen Kuss sofort.

„Ich freue mich, dass du so viel Vertrauen zu mir hast und ich werde dich nicht enttäuschen!" versprach er Alessya. „Ich weiß!" gab diese leise zurück und stieg jetzt endgültig ins Auto. Bevor sie losfuhr, ließ sie ihre Fensterscheibe herunter und sah ihn noch einmal mit ihren grünen Augen lange an und schenkte ihm ein strahlendes Lächeln.

Als sie vom Parkplatz fuhr sah er so lange wie möglich hinter ihr her, ging dann langsam zu seinem Auto und fuhr auch nach Hause. Seine Mutter erwartete ihn schon, aber dieser gemeinsame Fernsehabend verging für Wilhelm wie in Trance. Er konnte sich am nächsten Tag nicht daran erinnern, was für einen Film sie zusammen gesehen hatten.

Als er später im Bett lag, konnte er nicht einschlafen. Zuviel hatte er heute erlebt. Erst die fantastischen Stunden mit Heike und dann das Erlebnis auf dem Parkplatz. Es gab aber einen großen Unterschied: wenn er an Heike dachte, freute er sich über ihre Bekanntschaft.

Wenn er an Alessya dachte, bekam er Herzrasen, Schweißausbrüche und fühlte Schmetterlinge im Bauch. Heike trat dann völlig in den Hintergrund und Alessyas Gesicht wollte vor seinen Augen nicht verschwinden. Wilhelm wusste nicht was das alles bedeutete, er kannte das nicht – das verliebt sein! Denn genau das war es – er war verliebt!

Am Sonntag erledigte der junge Mann nur die notwendigsten Arbeiten und schlief sehr viel. Er war ja auch am Vortag gleich von zwei Frauen gefordert worden! Egal was Wilhelm auch machte, in seinen Gedanken war er immer wieder bei Alessya.

Ihm war natürlich auch klar geworden, dass er für diese bildhübsche junge Frau Gefühle entwickelt hatte, die ihm bisher fremd gewesen waren. Drei Gedanken beherrschten ihn. *Wie soll ich mich Alessya gegenüber verhalten? Kann ich es verhindern, dass Mama etwas bemerkt? Soll ich mich weiter mit Heike treffen?* Keine dieser Fragen konnte Wilhelm für sich beantworten – vielleicht wollte er auch nicht.

Dieser Sonntag verging, trotz seiner Müdigkeit, sehr schnell. Als Wilhelm am Abend dann ins Bett ging schlief er sofort ein.

Der Montag sah einen glücklichen, zufriedenen und auf Wolke sieben schwebenden jungen Mann. Sowohl zu Hause, wo seine Mutter ihn misstrauisch beobachtete, als auch an seinem Arbeitsplatz.

Natürlich hoffte er die ganze Zeit, dass seine Alessya irgendwann im Fitnessstudio erscheinen würde. Diese Hoffnung erfüllte sich aber nicht. Ohne besondere Ereignisse verging sein ganzer Arbeitstag. Je näher der Abend kam, umso häufiger dachte er an den kommenden Tag und daran, dass er dann Alessya wiedersehen würde.

Als es 20:00 Uhr wurde, dachte Wilhelm: *nur noch 24 Stunden*. Um 21:00 Uhr dachte er: *nur noch 23 Stunden*. Um Mitternacht: *nur noch 20 Stunden*.

Da er so mit Stunden zählen beschäftigt war, konnte er nicht einschlafen. Er wälzte sich im Bett hin und her und hatte, sobald er einen Blick auf den Wecker warf, Alessyas Gesicht vor Augen. Darum nahm er sich das Heft seines Vaters und las darin die nächste Eintragung.

Ich hatte ein längeres Verhältnis mit Sofie und von ihr auch einen Wohnungsschlüssel bekommen. An diesem Tag wollte ich sie unangemeldet überraschen. Darum öffnete ich leise und zaghaft die Tür. Ganz langsam betrat ich die Wohnung und zog sachte die Wohnungstür hinter mir ins Schloss.

Aus dem Wohnzimmer kamen seltsame Geräusche. Kurz blieb ich stehen und wusste nicht ob ich überhaupt wissen wollte, was da vor sich ging. Es hörte sich nämlich an, als würde Sofie sich mit einem anderen Mann vergnügen.

So betrat ich mit gemischten Gefühlen das Zimmer. Aus dem Augenwinkel konnte ich schnell erkennen was dort vor sich ging. Sie masturbierte, weit und breit war kein anderer Mann zu sehen. Bei mir machte sich Erleichterung breit. Das alles war zwar eine ganz ungewohnte Situation aber wichtig war nur eins - Sofie hatte keinen anderen Mann bei sich!

Ein wenig verwundert blickte ich schon auf den Fernseher, denn dort lief momentan ein Porno. Sofie lag nackt, mit geschlossenen Augen und mit breiten Beinen in dem Fernsehsessel davor.

Sie masturbierte und bearbeitete ihre Höhle mit einem Dildo wie eine Wahnsinnige! So etwas hätte ich ihr nie zugetraut. So hatte ich sie noch nie gesehen!

Ich musste mir aber selber zugestehen, dass es geil war sie so zu beobachten. Abwechselnd beobachtete ich einen Moment lang die Frau und dann wieder den Bildschirm.

Dort lag ein Pärchen auf dem Fußboden und sie lutschte hingebungsvoll seinen prächtigen Lustkolben, während er über ihr kniete und sein Gesicht in ihrer Scheide vergrub.

Mit seiner Zunge leckte er kurz über ihre Perle und dann ließ er sie wieder tief in ihrer glänzend nassen Höhle gleiten. Man konnte nur erahnen wie weit er seine Zunge in ihr haben müsste. Zeitgleich leckte sie genüsslich mit ihrer Zunge über seine Spitze, aus der ein kleiner Lusttropfen seinen Weg suchte.

Während des Szenenwechsels blickte ich zu Sofie und stellte fest, dass sie mich immer noch nicht bemerkt hatte. Die nächste Szene zeigte einen Moment, der wohl jedes Männerherz hätte höher schlagen lassen. Die Frau hatte sich jetzt auf den Fußboden gekniet und der Mann nahm sie von hinten. Die Brüste schaukelten hin und her, während der Mann stöhnend sein Glied in ihrer Lustgrotte versenkte.

Die Kamera schwenkte gerade in eine Großaufnahme und man konnte jedes Detail genau erkennen! Das Schmatzen und Stöhnen aus den Lautsprechern, gepaart mit dem Schmatzen aus Sofies Honigtopf, ließ in meiner Hose eine gewaltige Beule wachsen. Ganz tief bohrte sie ihren Dildo in sich hinein und zog ihn dann ganz langsam wieder heraus.

Ich konnte an ihrer Mimik erkennen, dass sie dieses Spiel nicht mehr lange aushielt. Zu groß war das Verlangen nach Erlösung. Ihre Muskeln spannten sich fest um den Dildo und ließen ihn nicht mehr los. So fest, das sie ihn losließ, ohne das er aus ihr heraussprang.

Mit der einen Hand knetete sie ihre Halbkugeln und die freie Hand widmete sich ihrer Perle. Ganz langsam streichelte sie darüber. Da sie nackt war, hatte ich freie Sicht auf ihren rasierten Venushügel und konnte sehen wie sich ihre festen, prallen Brüste hoben und senkten. Mit den steifen Nippeln wirkten sie grade zu verführerisch. Ihre Rundungen, die von einer leichten Gänsehaut überzogen waren, und Sofies gesamter Körper vor ihm, begannen zu zucken. Es dauerte nicht lange und sie kam!

Sofie schrie und zitterte. Ihr Körper zuckte, der Dildo wurde von ihren Muskeln raus gepresst und es schien sich alles in ihr zu entladen wie bei einem großen Feuerwerk. Sie bot mir einen Anblick der provozierend und einladend zugleich war.

Wie lange war es her, dass ich sie das letzte Mal so sehen konnte? Mittlerweile bevorzugte Sofie es, das Licht zu löschen und ihren nackten Körper für meine Augen fast unsichtbar zu machen. Dabei liebte ich es, ihren Körper und die Zeichen ihrer Lust zu sehen.

Es hatte mich angetörnt sie zu beobachten wenn ich sie liebte. Warum hatten wir sowas nicht schon viel früher gemeinsam ausprobiert? Sie hätte nur sagen brauchen, dass sie auf Pornos so reagierte. Ich war schließlich kein Kind von Traurigkeit und ein guter Film machte auch bei mir Lust auf viel mehr!

Fast automatisch wanderte meine Hand in die Hose und ich fing an mich selber über meinen nun gewaltig angeschwollenen Lustkolben zu streicheln. Nur noch von meiner eigenen Lust getrieben zog ich meine Hose aus kniete mich neben Sofie und küsste sie leidenschaftlich.

Da erst bemerkte sie mich "Was ... wie ... ohhh ...! Ich habe dich gar nicht kommen hören, ist es schon so spät?" stammelte sie vor sich hin.

"Pssst, sag nichts", unterbrach ich sie und wir beide versanken erneut in einem leidenschaftlichen Kuss. Ich schob mich über sie und ganz langsam glitt mein Glied in ihre nasse Spalte. Erst begann ich mit langsamen und sanften Stößen in ihrem Tunnel der Lust, um so nach und nach das Tempo zu steigern.

Ich ließ ihn fast komplett aus ihr gleiten um ihn dann ruckartig wieder ganz tief in sie zu stoßen, dann wieder bewegte ich mich nur minimal in ihr. Gleichzeitig wurde ihr Atem schwerer, hektischer und ihre Körper begannen zu zittern.

Ich zog mich genau in diesem Moment aus Sofie heraus, kniete mich über sie und klemmte mein bestes Stück zwischen ihre Brüste. Sie beobachtete mich wie ich in ihr weiches Brustfleisch stieß, und sah wie ich nach wenigen Stößen zuckte.

Sofie schloss die Augen und konnte spüren wie gewaltig ich kam. Ich überschwemmte ihren Busen, aber auch einen Teil ihres Gesichtes.

Diesen Moment genoss sie in vollen Zügen und sie vergas alles um sich herum. Als ich ihr meinen letzten Tropfen gegeben hatte, verteilte sie den ganzen Saft, spielte und malte damit auf ihren Möpsen und genoss dieses schöne Gefühl offensichtlich!

Ich zog Sofie in meine Arme. Unsere Lippen verschmolzen wieder zu einem leidenschaftlichen Kuss. Plötzlich war das alte Feuer wieder entflammt. „Sofie, du machst mich sprachlos! Ich wusste ja gar nicht, dass dir das so sehr gefällt. Du hättest doch jederzeit mit mir reden können!"

„Ich weiß selber nicht so recht wie ich über all das reden soll. Es sind so viele Sachen auf die ich neugierig bin oder die mir gefallen. Es war wunderschön und ich glaube über all das was wir uns wünschen zu reden, kann uns wirklich viel Neues schenken."

„Ja, lass uns darüber reden. Aber nicht jetzt. Jetzt will ich dich lieber schmecken und danach noch einmal meinen Harten in dir versenken!" antwortete ich ihr. Diese Antwort war genau nach ihrem Geschmack und wir liebten uns bis zur totalen Erschöpfung.

P.S.
Ich hatte mich doch tatsächlich so sehr in sie verliebt, dass ich zum ersten Mal in meinem Leben einer Frau ein Liebesgedicht schrieb!

Doch ich muss gestehen, dass mich das Schreiben auch anmachte – so seltsam es klingen mag! Während ich schrieb, hatte ich nämlich immer alles vor Augen, was wir an diesem Nachmittag so trieben. Es erregte mich derart, dass ich mich hinterher selbst befriedigte!

Wilhelm hatte die Geschichte zwar mit Interesse gelesen und auch wieder etwas Neues gelernt, aber im Gegensatz zu den anderen, hatte diese ihn nicht sonderlich erregt.

Doch der Gedanke an ein Gedicht ließ ihn nicht los. Auch wenn er nicht wusste, ob er es Alessya es zeigen würde setzte er sich mitten in der Nacht an seinen Schreibtisch und schrieb ein Liebesgedicht für „seine" Alessya.

Wie soll ich es Dir sagen,
Wie soll ich Dich bloß fragen?
Was könnte Deine Antwort sein,
werde ich lachen, werde ich weinen?
Wie wird es dann zwischen uns weitergehn,
sind wir zusammen oder willst Du mich nicht mehr sehn?
Wirst Du mit Deinen Freunden über mich lachen
und Dich einfach nur lustig machen?
Oder hältst mich einfach nur ganz fest?
Diese Sachen hab´ ich mich gefragt,
bis tief in die Nacht haben sie mich geplagt!
Um eine Antwort zu bekommen muss ich es jetzt tun,

**ich schreibe es Dir hier und nun:
Ich liebe Dich so sehr,
etwas Größeres als meine Liebe zu dir gibt
es für mich nicht mehr!**

Obwohl Wilhelm wirklich noch nie ein Gedicht geschrieben hatte, war er so schnell damit fertig, als würde er ständig nichts anderes machen. Seltsamerweise konnte er, nachdem er sich seine Gefühle von der Seele geschrieben hatte, auch einschlafen. Es waren ja nur noch knapp 17 Stunden, bis er seine Angebetete wieder sah.

Obwohl er wirklich nicht viel geschlafen hatte, war er morgens, als er aufstehen musste, absolut fit. Auch wenn Wilhelm ständig auf die Uhr sehen musste, der Tag verging rasend schnell für ihn. Auf dem Weg von der Arbeit nach Hause, saß er fröhlich pfeifend im Auto.

Weil er auch die Aufgaben im Hühnerstall in dieser Stimmung erledigte und Mama Roswitha das natürlich auch nicht entging, fragte sie ihn: „Was ist los mit dir? Du bist so gut gelaunt und wirkst regelrecht glücklich – gibt es da etwas, dass ich wissen sollte?" Sie war es nicht gewohnt, ihren Sohn so zu erleben und wollte als Glucke natürlich alles wissen.

Wilhelm war aber darauf vorbereitet und antwortete ihr: „Och Mama, da ist nichts Besonderes. Bei der Arbeit wurde ein neues System an der Kasse eingeführt. Ich komme so gut damit klar, dass der Chef mich gelobt hat."

Seine Mutter sah ihn mit einem seltsamen Blick an, erwiderte aber nichts. Ihr Sohn erzählte aber nichts davon, dass er nachher noch einmal weg wollte. Das würde sie früh genug erfahren.

Je näher der Zeitpunkt kam, an dem er fahren musste, um pünktlich bei Alessya zu sein, umso nervöser wurde er. Wie sollte er sich ihr nähern? War es sinnvoll, ihr das Liebesgedicht zu geben, oder würde sie ihn auslachen?

Wilhelm hatte alles vergessen, als er sich später ins Auto setzte – sogar seiner Mutter zu sagen, dass er noch einmal weg wollte. Die Fahrt dauerte auf der einen Seite viel zu lange, auf der anderen ging es ihm nicht schnell genug.

Als er das Haus erreichte, war Wilhelm total durchgeschwitzt. Er stellte sein Auto am Straßenrand ab und ging zum Eingang. Erst wollte er auf die unterste Klingel drücken, da fiel ihm ein, dass Alessya gesagt hatte, er solle um das Haus herum gehen, um auf die Terrasse zu gelangen. Diese war zu seiner Überraschung von ziemlich hohen und dichten Lebensbäumen umgeben. Sie dienten offenbar als Sichtschutz und nur auf der linken Seite, direkt an der Hauswand, war ein Durchgang. Wilhelm benutzte ihn und betrat die Terrasse.

Er warf einen Blick auf die Fensterfront, denn er hoffte Alessya zu sehen, weil er sich bemerkbar machen wollte. Die große Tür welche ins Wohnzimmer führte war zwar geschlossen, aber was Wilhelm durch das Fenster sehen konnte, ließ ihn erstarren!

Er sah Alessya – und Heike! Die beiden Frauen standen im Wohnzimmer vor dem Sofa, beiden waren nackt! Noch schlimmer – sie küssten sich leidenschaftlich! Aber nicht nur das. Während Heike mit jeder Hand eine von Alessyas prächtigen Brüsten massierte, hatte diese eine Hand zwischen Heikes Beine vergraben und mit der anderen knetete sie deren knackigen Po.

Unglaublich was Wilhelm da sah. Heike und Alessya trieben es miteinander! Er kannte das ja schon von den beiden Männern im Studio, aber dass ausgerechnet die einzigen beiden Frauen die er kannte, Sex zusammen hatten, machte ihn sprachlos.

Warum hatte Alessya ihn dann für diesen Abend hierher bestellt? War diese lesbische Darbietung vielleicht das Besondere, was sie ihm versprochen hatte? Wilhelm hatte aber keine Zeit darüber nachzudenken.

Die beiden Frauen steigerten ihr Liebesspiel und wollten ihre Lust jetzt richtig ausleben. Es begann damit, dass Alessya sich auf das große Sofa legte – und Heike legte sich sofort auf ihre Partnerin! Aber nicht einfach nur so, nein, sondern verkehrt herum. In dieser Position lag sie mit dem Gesicht direkt über ihrer Spalte. Auf der anderen Seite plazierte sie damit ihren Honigtopf direkt über dem Gesicht Alessyas.

Wie die beiden sich dann gegenseitig mit ihren Zungen und Fingern bearbeiteten, das hatte Wilhelm noch nicht gesehen!

Was Heike mit Alessya machte, konnte er nur teilweise sehen, doch wie Alessya ihrerseits Heikes Liebesspalte verwöhnte, war überragend! Sie fuhr rasend schnell und intensiv mit ihrer Zunge hoch und runter, saugte zwischendurch immer wieder an Heikes Kitzler.

Doch das war nicht alles. Sie schob nun von jeder Hand zwei Finger in ihre Höhle und zog diese so weit wie möglich auseinander, um dann ihre Zunge so tief wie möglich darin verschwinden zu lassen!

Das die beiden sich nicht zum ersten Mal miteinander vergnügten, war Wilhelm aber auch sofort klar.

Natürlich war es für ihn absolut erregend, wenn er die beiden hübschesten Frauen, die er kannte, beim lesbischen Sex beobachten konnte. Seine Beule in der Hose konnte nicht mehr größer werden!

Jetzt tat sich noch mehr bei den zwei Frauen. Heike bewegte sich immer heftiger über Alessyas Gesicht. Auf einmal bäumte sie sich auf, als die Lustwellen sie in ihrer Gewalt hatten. Sie ließ sich wieder zurück fallen und schrie ihren Orgasmus in Alessyas Schoß hinein.

Das war auch der Auslöser für deren Höhepunkt. Ihre Schreie erstickte sie, indem sie in Heikes Po biss, der ja genau über ihr war. Wilhelm starrte fasziniert auf diese Szene der Lust und Leidenschaft.

Er traute sich nicht, sich bemerkbar zu machen, denn er glaubte, dass die beiden auf dem Sofa nicht gestört werden wollten. Fertig miteinander waren die beiden bestimmt auch noch nicht, dafür kannte er Heike schon zu gut!

Wilhelm drehte sich um und wollte gehen. In diesem Moment drehte Alessya ihren Kopf zur Seite, um besser Luft zu bekommen, da ihr die Partnerin kurz vorher ihren ganzen Venushügel fest auf das Gesicht gepresst hatte.

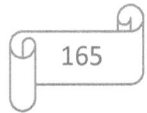

Da sah sie Wilhelm, der sich gerade anschickte, mit gesenktem Kopf die Terrasse zu verlassen. Sie hatte die Zeit vergessen und nicht mitbekommen wie spät es schon war. Er sollte zwar Heike treffen, aber nicht in dieser Situation, die auch nicht so geplant war.

„Wilhelm", rief sie darum laut. „Warte doch und lauf nicht weg!" Heike, die immer noch auf ihr lag, zuckte zusammen und schaute ebenfalls zum Fenster.

Die beiden lösten sich voneinander und erhoben sich, was sie auf der einen Seite sehr schade fanden, denn sie waren längst noch nicht befriedigt. Doch da draußen stand ein Mann, der helfen konnte, ihre Lust zu befriedigen. Heike wusste, dass Wilhelm dazu auch in der Lage war.

Bei Alessya war es etwas anders. Sie hatte sich auf diesen Abend gefreut und sehnte sich nach Wilhelms Nähe und Zärtlichkeiten. Sie war bereit alles für und mit ihm zu tun.

So liefen die beiden aus leicht unterschiedlichen Gründen zur Terrassentür und riefen dabei: „Wilhelm warte, bleib doch stehen!" Der junge Mann selber wusste nicht, ob er vielleicht träumte, als ihn der erste „Wilhelm warte" Ruf erreichte.

Er war sich sicher, dass die meisten Männer diese Aufforderung nicht gebraucht hätten, um bei diesem Anblick stehen zu bleiben.

Was sollte er auch machen, wenn zwei bildhübsche nackte Frauen auf ihn zuliefen. Dass sie dabei noch durch Fenster und Tür getrennt waren, spielte keine Rolle. Frauen, deren Brüste wie wild hoch und runter hüpften und scheinbar nicht zu bändigen waren. Frauen deren Gesichter vor Nässe glänzten, weil sie kurz vorher noch in den Honigtopf der jeweils anderen eingetaucht wurden.

Wilhelm musste einfach stehen bleiben, denn diesen Anblick konnte er sich nicht entgehen lassen. So etwas war einmalig und würde wohl auch einmalig bleiben.

Alessya war als erste an der Tür, riss diese auf, warf ihre Arme um seinen Hals und küsste ihn. Aber nicht sanft und zärtlich, so wie er es von ihr kannte, sondern wild und fordernd und zwang ihre Zunge in seinen Mund. Deshalb konnte er auch deutlich schmecken, dass Heikes Liebesergüsse reichlich geflossen waren.

„Hallo ihr beiden, aufhören! Sonst falle ich gleich hier draußen über euch her!" protestierte Heike und zog die beiden auseinander.

„Bitte komm mit rein und mach mit. Es war so nicht geplant. Wir können später reden", flüsterte Alessya in Wilhelms Ohr. Ohne ein Wort zu sagen, ließ dieser sich von den zwei Schönheiten in das Wohnzimmer drängen.

Heike schloss die Tür hinter sich und half dann Alessya. Diese war nämlich dabei, ihrem „Opfer" die Hose aufzuknöpfen. Ihre Freundin kam jetzt dazu und zog ihm mit einem Ruck Hose und Slip gleichzeitig nach unten.

Beide gaben ein begeistertes „Ja" von sich, als sie sahen, was ihnen da entgegen sprang. Eine nach der anderen kniete sich kurz vor Wilhelm hin, um seinen Lustkolben mit einem Kuss und einem kurzen Zungenspiel zu begrüßen. Er fing an zu stöhnen, hatte aber noch weiterhin kein Wort gesprochen.

Heike griff sich einen Stuhl und er wurde mit sanfter Gewalt dazu veranlasst sich darauf zu setzen. Er war immer noch nicht komplett ausgezogen, hatte sein T-Shirt an und saß mit heruntergelassenen Hosen auf dem Stuhl.

Heike war es auch, die sich breitbeinig über ihn stellte, seinen Steifen mit der Hand direkt vor ihre Höhle plazierte und ihm ein paar Mal einen minimalen Einblick gewährte.

Dann hatte sie genug von den Spielchen, ließ sich auf ihn fallen und mit einem laut gerufenen, lustvollen „Ja" nahm sie Wilhelms Lustkolben in sich auf. Alessya stellte sich neben ihn und sorgte dafür, dass er mit einer Hand die Möpse ihrer Freundin knetete und mit der anderen intensiv ihre Spalte und die außergewöhnlich große Lustperle verwöhnte!

Wilhelm hatte bisher kein Wort gesagt, ließ jetzt aber immer öfter ein lautes „Ja" von sich hören. Das war ja auch kein Wunder. Die eine Frau saß auf ihm und ritt sich von einem Orgasmus zum nächsten.

Die andere Frau hatte dafür gesorgt, dass er schon vier! Finger in ihre Lustgrotte gesteckt hatte und ihr dadurch ebenfalls zu einem Orgasmus verhalf.

Als Alessya sah, das Wilhelm begann, sich nicht nur von Heike reiten zu lassen, sonder ihr so gut es ging auch noch seinen Steifen entgegen stieß, rief sie ihm zu: „Wilhelm, nicht in sie spritzen! Deine Sahne gehört heute mir!"

Es dauerte etwas, bis die beiden begriffen was Alessya gesagt hatte. Der junge Mann verhielt sich ruhiger nur Heike meinte: „Gleich, gleich geh ich runter. Nur noch einmal!"

Was sie damit meinte, konnte ihre Freundin sofort sehen. Heike ließ sich ein letztes Mal auf ihr „Opfer" fallen und blieb dann wie festgenagelt auf ihm sitzen. Dabei bearbeitete sie ihren Kitzler so schnell und hart, wie auch Wilhelm es mit ihr noch nicht erlebt hatte!

Plötzlich bäumte sie sich auf und kam. Ihren Schrei erstickte sie dadurch, dass sie ihn küsste. Nach Luft schnappend und schwitzend lehnte sie sich noch einen Augenblick an ihn.

Aus den Augenwinkeln sah sie, dass Wilhelm vier Finger in ihrer Freundin vergraben hatte. „Ich glaube, du hast es wirklich nötig", meinte sie lächelnd zu Alessya. Dann erhob sie sich langsam und entließ sein Glied langsam aus ihrer heißen Lustgrotte. Man sah ihr aber an, dass sie gerne noch sitzen geblieben wäre.

„Nimm bitte die Finger aus mir heraus", bat Alessya den jungen Mann vor ihr. „Jetzt will ich auch etwas anderes darein haben." Wilhelm tat worum sie ihn gebeten hatte, aber nur ganz, ganz langsam. Dafür erntete er von Heike ein strahlendes Lächeln.

„So ist es richtig, lass sie zappeln", und grinste ihre Freundin spitzbübisch an. „Ihr seid so gemein", gab diese leise zurück.

Seine Finger waren immer noch in ihr – zum Teil jedenfalls. Heike lachte leise und wurde noch „gemeiner". Sie beugte sich nämlich zu ihrer Freundin hinunter und nahm möglichst viel von der linken Brust, inklusive Nippel natürlich, in den Mund.

Das war zu viel für Alessya. „Hört auf, ich kann nicht mehr und brauche jetzt auch was anderes!" Mit diesen Worten entzog sie sich den Beiden und stellte sich breitbeinig über Wilhelm. Dem hatte diese kurze Pause auch gut getan, denn lange hätte er den Ritt von Heike nicht mehr ausgehalten!

Alessya packte seinen Steifen und führte ihn zum Eingang ihres Lusttunnels. Sie machte es nicht wie ihre Freundin, sondern sie ließ sich langsam auf seinen heißen Liebesspender nieder. Sie genoss es und wollte Stück für Stück spüren, wie es sich anfühlte, ihn in sich aufzunehmen.

Dabei sahen sich die beiden unentwegt in die Augen und nachdem sein Glied sich ganz in sie gebohrt hatte, blieb Alessya auf ihm sitzen. Ihr Partner hob seinen Unterleib an, in dem vergeblichen Versuch, noch tiefer in sie einzudringen.

Alessya beugte sich vor und küsste ihn. Heike konnte sich vorstellen wie die beiden Zungen jetzt miteinander spielten. Einen Augenblick später beugte sie sich zurück und bot ihm ihre Halbkugeln dar, da wurde Wilhelm eine Körbchengröße mehr geboten als bei Heike, und er begann mit der Zunge und den Zähnen ihre Nippel zu verwöhnen.

Alessya schloss die Augen und stöhnte. Ihr Partner packte ihre Pobacken und presste die Frau noch fester auf sich, wenn das überhaupt möglich war. Seine Partnerin rutschte nun auf ihm hin und her. Wie sehr es den beiden gefiel, hörte man an dem immer lauter werdenden Stöhnen. Alessya öffnete ihre Augen

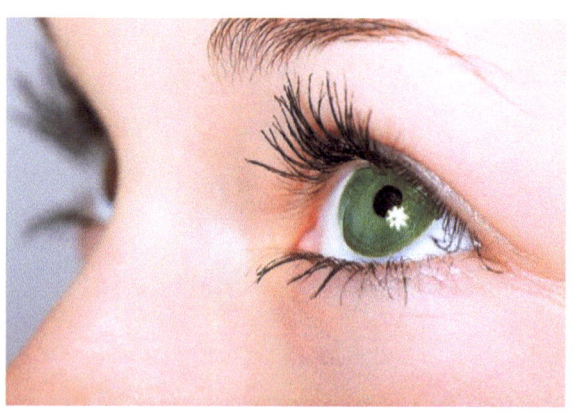

Sie versenkte ihren Blick in den von Wilhelm. Gleichzeitig wurden die Bewegungen ihres Unterleibes schneller. Plötzlich weiteten sich die Augen der beiden, Alessya erhob sich und ließ sich zwei Mal auf sein Glied zurück fallen.

Ein gemeinsames fast geschrienes „Ja" kam von den beiden. Sie verschmolzen miteinander, während Lustwellen durch ihre Körper jagten und Wilhelm einen nicht enden wollenden Strom seiner lebensspendenden Flüssigkeit in sie hinein pumpte.

Nach einer Weile, als der Orgasmus des jungen Mannes abgeebbt war, meinte Alessya mit bebender Stimme: „Ich brauche noch mehr!" Sie hielt sich an der Lehne des Stuhles fest und begann ihn so wild zu reiten, wie Heike es vorher getan hatte.

Die zuvor vergossenen Liebessäfte spritzten dabei nach allen Seiten. Wilhelm hatte keine Chance ihre Möpse mit dem Mund zu verwöhnen, weil diese unkontrollierbar hoch und runter hüpften. Er konzentrierte sich darauf mit seinen Händen ihren Po zu kneten und sie dadurch zusätzlich zu stimulieren. Es dauerte auch wirklich nicht lange und Alessya kam zum zweiten Mal.

Heike stand die ganze Zeit als unbeteiligte Zuschauerin dabei und war mehr als verblüfft. Dieses junge Paar da vor ihr, hatte die Welt um sich herum vergessen. Es gab nur sie beide. Sie hatten noch nie miteinander geschlafen, aber die zwei verstanden sich ohne Worte, bildeten eine Einheit. Nicht so, als wären sie zusammen, sondern so, als hätte jemand die beiden füreinander bestimmt!

Nachdem bei Alessya die Lustwellen abgeklungen waren und sie sich wieder beruhigt hatte, stand sie langsam auf und entließ Wilhelms immer noch steifen Freudenspender aus seinem Gefängnis.

Von Heike kam die Anweisung: „Zieh dich aus und setz dich wieder hin!" Während er tat, was die junge Frau ihm gesagt hatte, umarmte sie ihre Freundin und küsste sie. Dann flüsterte sie Alessya ins Ohr: „Es hat dir gefallen, nicht wahr?" „Ja, es war wunderbar!" bekam sie zur Antwort. „Du hast ihn gleich für dich alleine, aber erst will ich noch einmal meinen Spaß haben!"

Von dieser leise geführten Unterhaltung, hatte Wilhelm nichts mitbekommen. Er saß auf dem Stuhl und wartete.

Was die beiden Frauen bis jetzt noch nicht realisiert hatten, war die Tatsache, dass Wilhelm noch kein Wort mit ihnen gewechselt hatte und auch nun einfach nur wartete.

Heike drehte sich um und ging zu ihrem männlichen Partner. „Mach deine Beine so weit auseinander wie du kannst", forderte sie ihn lächelnd auf. Staunend spreizte Wilhelm seine Beine auseinander.

Heike kniete sich dazwischen und umschloss seinen Steifen mit ihren Halbkugeln und begann ihn damit zu massieren. Manchmal hielt sie inne, verwöhnte seine Spitze ganz besonders und nahm sie in den Mund. Lange hielt Heike das Liebesspiel aber nicht aus, was Wilhelm natürlich sehr bedauerte. Doch das Vergnügen ging auch für ihn gleich weiter.

Seine Partnerin erhob sich und ließ sich wieder auf seinen Lustkolben nieder. Doch diesmal andersherum – sie wandte ihm ihren Rücken zu! „Komm her", sagte sie zu Alessya und streckte die Arme nach ihr aus. Heike wollte auch zu Wilhelm etwas sagen, doch das war nicht nötig.

Der packte nämlich von sich aus mit der rechten Hand ihre rechte Brust, während die Finger der linken sich in ihrer Spalte vergnügten und mit dem Kitzler spielten. Seine Partnerin stöhnte auf, das war genau das, was sie sich vorgestellt hatte.

Inzwischen war Alessya auch heran – sie brachte noch einen Stuhl mit! Den stellte sie so nah wie möglich an ihre Freundin heran und setzte sich - auch mit dem Rücken zu Heike! Die zögerte nicht und begann mit den Händen das Gleiche zu machen, wie Wilhelm bei ihr.

Jetzt bewegte sie sich langsam auf seinem Lustkolben hoch und runter. Diesmal langsam und vorsichtig, aber das machte ihr nichts aus, denn die Hände ihres Partners wussten genau, was sie wo machen sollten!

Alessya hielt sich an der Lehne vom Stuhl fest, beugte sich vorsichtig nach hinten und drehte ihren Kopf soweit sie konnte.

Ihre Freundin verstand die Aufforderung und küsste sie. Es war etwas schwierig, aber es ging. Doch nicht lange, denn Heike wurde unruhig, denn das bekannte ziehen im Unterleib wurde immer stärker. Sie drehte ihren Kopf zu Wilhelm und sagte stöhnend: „Schneller Wilhelm, schneller. Ich bin gleich soweit!"

Der gab sich alle Mühe ihrem Wunsch nachzukommen, während Heike genauso schnell den Kitzler ihrer Freundin bearbeitete, denn sie hatte sich vorgenommen, mit dieser gleichzeitig zum Orgasmus zu kommen. An Wilhelm dachte sie in diesem Moment überhaupt nicht.

„Wie weit bist du? Ich möchte mit dir zusammen kommen!" stöhnte Heike in das Ohr von Alessya. „Das war auch mein Gedanke", gab diese zur Antwort. „Beeil dich, ich, ich, oh Gott, ich komme!" Ein doppeltes lautes „Jaaa" zeigte, das sich der Wunsch von den beiden erfüllt hatte.

Wilhelm wurde von diesem gleichzeitigen Orgasmus überrascht. Er streichelte zwar Heikes Lustperle weiter, aber mit der rechten Hand umfasste er ihre Hüfte, um sie festzuhalten, da sie sich ohne Rücksicht auf ihm bewegte.

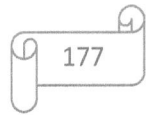

Die beiden Frauen wurden von den Lustwellen mitgerissen. Alessya hielt sich so stark an der Stuhllehne fest, dass die Fingerknöchel weiß hervor traten. Heike quetschte die Brüste ihrer Freundin abwechselnd mit einer Hand so sehr, dass diese feuerrot wurden.

Nachdem die zwei sich etwas beruhigt hatten, stand Alessya auf und setzte sich richtig herum auf den Stuhl, direkt ihrer Freundin gegenüber. Sie beugte sich vor und die beiden küssten sich. Ihre rechte Hand wanderte an der Innenseite von Heikes Oberschenkel entlang – und begann Wilhelms Steifen zu streicheln! Also das, was sie erreichen konnte und nicht in Heike steckte!

Der junge Mann schnappte hörbar nach Luft und musste alle Kraft darauf verwenden um nicht sofort zu kommen. Die Frauen erkannten seine Not, Alessya hörte auf und zog ihre Hand zurück. Heike erhob sich und ließ Wilhelms Lustkolben langsam und ungern aus sich gleiten.

Sie lächelte ihn an und flüsterte ihrer Freundin etwas ins Ohr. Die nickte lächelnd und strahlte Wilhelm an. Dann stellten sich die beiden ungefähr zwei Meter vor ihm hin und begannen mit einem kurzen Schauspiel, das er so schnell nicht vergessen würde.

Die beiden Freundinnen stellten sich so, dass Wilhelm sie von der Seite sah. Sie umarmten sich, pressten sich aneinander und vereinigten ihre Münder zu einem intensiven Zungenkuss. Für ihren Partner bot sich ein fantastischer Anblick.

Zwei Frauen mit einem perfekten Körper, deren Brüste sich in Leidenschaft aneinander pressten und mit zwei ebenso perfekten runden Pos, die gerade von vier gierigen Händen geknetet wurden. Doch die Szene änderte sich bald. Wilhelm dachte schon er wäre „erlöst", denn er hatte das Gefühl, jedem Moment würde er kommen – ohne dass ihn jemand berührte!

Alessya schob den einen Stuhl beiseite und zog den anderen noch dichter zu ihm hin. Dann stellte sie ihr rechtes Bein darauf und Heike von der anderen Seite ihr linkes Bein. Jede der beiden massierte kurz ihre Halbkugeln, ließ dann die Hände hinunter zur Scheide wandern und zog diese weit auseinander.

Wilhelm wusste nicht was er machen sollte und schrie innerlich um Hilfe. Doch die Show ging noch weiter. Jetzt schob sich jede der zwei einige Finger in den nassen und schon gedehnten Liebestunnel.

Sie schoben ihre Finger ein paar Mal rein und raus. Heike nahm zuerst ihre Finger ganz raus und – hielt sie Alessya vor den Mund. Die nahm einen nach dem anderen in den Mund und genoss den Geschmack von Heikes Säften. Dann lief das Spiel anders herum.

Die beiden weideten sich an Wilhelms Minenspiel und beendeten die Show. Heike ging zu dem jungen Mann, küsste erst ihn und dann noch einmal sein bestes Stück.

„Ich gehe schnell duschen und muss euch dann leider verlassen. Ich müsste schon längst woanders sein", mit diesen Worten hatte sie schon fast das Wohnzimmer in Richtung Dusche verlassen. Die beiden zurück gebliebenen sahen hinter ihr her bis sie schon das Wasser rauschen hörten.

Alessya hätte es nie gegenüber Heike zugegeben, aber sie war auf einmal froh mit Wilhelm bald alleine zu sein. Sie ging zu ihm und wollte ihn eigentlich nur küssen, konnte aber der Versuchung nicht widerstehen, sich seines Lustkolbens zu bemächtigen und in sich aufzunehmen. Das Stöhnen kam von beiden, als er wieder in ihre Höhle eindrang und bis in den hintersten Winkel ausfüllte.

Alessya bewegte sich aber nicht, sondern schlang ihre Arme um seinen Hals und sagte: „Ich danke dir, das du alles mitgemacht hast. Es war nicht so geplant, aber ich finde es toll, dass du alles mitmachst!" mit diesen Worten küsste sie ihn so sanft und zärtlich, wie er es von ihr kannte. Nur – auch ihr war immer noch nicht aufgefallen, dass Wilhelm bis jetzt kein Wort mit ihr oder Heike gesprochen hatte.

Reden konnte er auch nicht, da Alessyas Zunge nun fordernd seinen Mund eroberte. In diesem Moment kam Heike wieder. „Na, ihr beiden, immer noch fleißig?" fragte sie lächelnd. Sie war noch nicht angezogen. Sie trug nur einen String und hatte ein T-Shirt in der Hand.

Alessya erhob sich langsam und Wilhelms Glied musste sich schon wieder von ihrer Lustgrotte verabschieden. Der arme Mann fing langsam an zu verzweifeln – aber er sagte nichts. Alessya warf ihm einen seltsamen Blick zu und wandte sich dann an ihre Freundin, die sich mittlerweile das T-Shirt übergezogen hatte.

„Wir sehen uns", meinte sie fröhlich zu den beiden und warf jedem eine Kusshand zu, bevor sie durch die Terrassentür, die von Alessya sofort wieder verschlossen wurde, verschwand.

Alessya ging langsam wieder zu Wilhelm und blieb vor ihm stehen. Ihre Augen fanden sich und tauchten ineinander ohne dass einer von beiden ein Wort sagte. Dann drehte sie sich um und lehnte sich über einen Sessel, der neben dem Sofa stand und zwar so, dass sie ihm ihre Rückseite zudrehte. Alessya beugte sich soweit es ging nach vorne und präsentierte Wilhelm so ihren Eingang zum Liebesparadies.

Der junge Mann ließ sich nicht lange bitten, denn er hatte solche Not, dass sein Lustkolben schon schmerzte. Er trat an seine Partnerin heran, fasste ihre Hüften und ließ seinen Steifen langsam in sie gleiten, was von ihr mit einem Stöhnen quittiert wurde.

Erst jetzt merkte er, dass sie sich anders anfühlte als Heike. Das Gefühl bei ihr einzudringen war anders, ihre Haut zu streicheln war ein anderes Gefühl, ihr Busen zu fassen, zu kneten, ihre Nippel zu bearbeiten, alles war anders als vorhin.

Wilhelm registrierte es, aber er konzentrierte sich auf das, was er mit Alessya machte. Die feuerte ihn durch ihr lustvolles stöhnen nämlich an heftiger zu stoßen, was er auch tat. Es dauerte nur wenige Augenblicke, bis sie jeden Stoß von ihm mit einem lauten „Ja" quittierte. Auf einmal drehte sie ihren Kopf soweit es ging nach hinten und sagte mit zittriger Stimme: „Ich spüre, dass du jetzt kommst. Bleib ganz tief in mir und füll meine Höhle bis in den letzten Winkel!"

Mit ihrer rechten Hand streichelte sie ihre große Perle. Sie war so erregt, so voller Lust, dass sie in dem Moment kam, als Wilhelm mit einem letzten kräftigen Stoß in ihr explodierte. Die Geräusche, welche die Zwei dabei von sich gaben, waren nicht zu beschreiben! Vor allem Wilhelm hatte das Gefühl, ihr Liebestunnel würde seinen Lustkolben festhalten, um ihn nicht wieder heraus zu lassen.

Alessya drückte ihm ihren Po entgegen, um ihn noch tiefer in sich zu spüren – was aber nicht mehr möglich war. Ihre Lustwellen schienen nicht enden zu wollen und als sie nachließen, nahm sie Wilhelms linke Hand von ihrem Busen und führte sie nach unten in das Tal der Lust und sagte zu ihm: „Streichel meinen Kitzler, aber langsam, denn er ist angespannt und voller Lust, die ich noch etwas ausleben will!"

Wilhelm war gerade selbst erst wieder zu Atem gekommen, nachdem er sich in ihr verausgabt hatte. Aber der junge Mann tat alles, was Alessya ihm gesagt hatte und noch mehr! Obwohl sein Freudenspender langsam an Größe verlor, fuhr er in ihren Liebestunnel rein und raus so lange es ging.

Seine Partnerin kam durch sein streicheln und die Bewegungen in ihr noch einmal zum Höhepunkt, zwar nicht mehr so intensiv, aber es reichte aus, dass sie hinterher mit wackeligen Beinen dastand und froh war, das Wilhelms bestes Stück so klein wurde, das er von alleine aus ihr herausglitt.

Alessya drehte sich um und sah ihr stumm Gegenüber an. Wilhelm konnte sich der Faszination ihrer grünen Augen nicht entziehen.

Zum ersten Mal an diesem ereignisreichen Abend, übernahm er die Initiative, zog seine Partnerin an sich und hielt sie fest. Alessya freute sich darüber. Sie legte ihre Arme um ihn und so standen die beiden eng umschlungen eine ganze Zeit lang.

Alessya und Wilhelm genossen diese Zweisamkeit. Glücksgefühle schienen zwischen den beiden hin und her zu springen. Jeder hatte das Gefühl den anderen schon ewig zu kennen und wollte ihn nicht wieder loslassen.

Irgendwann ließ Wilhelm seine Partnerin los und ging zu seiner Hose. Dort nahm er aus der rechten Gesäßtasche ein Blatt Papier mit dem Liebesgedicht. Alessya beobachtete ihn gespannt und merkte sofort, dass ihr Partner etwas Besonderes vorhatte, aber noch zögerte.

Sie hatte richtig gesehen, denn in Wilhelm kamen einen Moment lang starke Zweifel hoch, ob er das Richtige vorhatte. Aber was sollte schon passieren? Mehr als auslachen konnte sie ihn nicht, aber dann würde er auch sofort nach Hause fahren.

Der junge Mann ging zu Alessya und hielt ihr das Papier hin. „Was ist das? Soll ich lesen was da steht?" wollte sie von ihm wissen.

Wilhelm antwortete nicht, sondern hielt ihr den Zettel immer noch hin. Erst jetzt fiel der jungen Frau auf, dass ihr Partner immer noch kein Wort gesprochen hatte.

Alessya nahm das zusammen gefaltete Papier und klappte es auf. Während sie anfing zu lesen ging er zu seinen Sachen, die bei seinem Stuhl auf der Erde lagen und sammelte diese ein. Danach drehte er sich wieder um und sah zu seiner geliebten Alessya.

Die war immer noch am lesen. Er wusste aber nicht, dass sie schon zum zweiten Mal sein Gedicht durchlas. Jetzt war sie fertig, hob ihren Blick, sah ihn an – und begann zu weinen!

Wilhelm war entsetzt, denn mit so einer Reaktion hatte er nicht gerechnet und er war schuld daran! Sie bewegte sich nun langsam mit tränenverschleierten Blick auf ihn zu.

„Es tut mir leid, ich wollte nicht, dass du weinst! Es ist wohl besser, wenn ich jetzt gehe!" stammelte er schockiert und begann sich anzuziehen. „Nein!" Alessya schrie es förmlich heraus. Wilhelm zuckte zusammen, nicht nur wegen des Schreis, sondern auch, weil sie einen großen Satz auf ihn zumachte, ihn umarmte und küsste und küsste und küsste...

„Noch nie hat mir jemand etwas so schönes geschrieben! Was hat das Gedicht zu bedeuten? Sag es mir, bitte!" Alessya wusste natürlich, was Wilhelm damit meinte, wollte es aber aus seinem Mund hören. Der junge Mann in ihren Armen zögerte, seine Schüchternheit gewann die Oberhand. Es dauerte deswegen eine Weile, bis er leise stotternd sagte: „Ich, ich liebe dich!"

Bei Alessya liefen schon wieder die Tränen. „Und ich, ich liebe dich!" Bei Wilhelm schlugen diese Worte ein wie eine Bombe! Er bekam weiche Knie und war froh, dass der Stuhl noch neben ihm stand und er sich an der Lehne festhalten konnte.

„Alessya!" Wilhelm sagte nur dieses eine Wort, aber es lag alles darin, was er für sie empfand – und das spürte sie. Ihre Lippen trafen sich zu einem nicht enden wollenden Kuss. Als die beiden dann doch irgendwann voneinander abließen meinte Alessya: „Ich glaube eine Dusche wird uns gut tun. Wir haben so geschwitzt und meine Schenkel kleben von deinem Saft. Was hältst du davon, Liebling?"

Sie beobachtete genau, wie er auf dieses Kosewort reagierte. Liebling, Liebling, hämmerte es in seinem Kopf.

Noch nie hatte jemand so ein zärtliches Wort zu ihm gesagt. „Du hast recht", und nach einem kurzen zögern setzte er hinzu: „mein Schatz." Sie strahlte ihn an und Hand in Hand gingen sie ins Bad.

Zum Duschen nahmen sich die beiden viel Zeit. Sie seiften sich gegenseitig ein, streichelten und verwöhnten sich, ganz zärtlich und ohne Zeitdruck. Aber auch in dem Bewusstsein, dass sie jetzt zusammen waren und sich lieben konnten, wann immer sie wollten. Dabei sprachen die zwei kaum ein Wort.

Nachdem die beiden sich abgetrocknet hatten, gingen sie in die Küche. Nach so viel „Sport" hatten sie Durst. Zu Wilhelm Überraschung war diese sehr groß. Auf der linken Seite standen die Elektrogeräte, auf der rechten ein Schrank und neben dem Fenster eine Eckbank. Davor standen ein großer Tisch und zwei Stühle.

„Hast du viel Besuch? Hier können doch bestimmt acht Personen ohne Probleme essen!" wollte er wissen. Alessya musste lachen. „Nur ab und zu und ich koche auch gerne. Ich hoffe doch, dass du jetzt öfter hier sitzen wirst und dir mein Essen schmecken lässt."

„Ich würde sogar mein Bett in dieser Küche aufstellen", meinte Wilhelm lächelnd. Eigentlich wollten die Zwei etwas trinken, aber als sie sich nach diesem kurzen Wortwechsel in die Augen sahen, dachten die beiden schon wieder an etwas anderes.

Sie waren schließlich jung und vor allem Wilhelm hatte viel nachzuholen, außerdem hatte ihnen die längere Pause gut getan. Alessya merkte es an seinem Glied, das immer wieder zuckte und langsam größer wurde.

Sie ging in die Hocke, nahm es in die Hand, streichelte es und bedeckte dann so viel wie möglich mit ihrem Mund. Dann begannen Zunge und Lippen ein Spiel, das ihn langsam aber sich an den Rand eines Höhepunktes trieb.

Alessya sah ihn von unten herauf an und war begeistert darüber, dass ihr Freund mit geschlossenen Augen dastand und ihre „Arbeit" offensichtlich mit allen Sinnen genoss! Auf einmal spürte sie seine Hand an ihrem Kopf. „Langsam, langsam. Wenn du so weiter machst, dann komme ich!" Vorsichtig entließ sie sein Prachtstück aus ihrem Mund. Es hätte ihr nichts ausgemacht, wenn er in ihrem Mund gekommen wäre, doch aufgeschoben war nicht aufgehoben!

Alessya erhob sich und begann ihre Halbkugeln vor Wilhelms Augen zu massieren. Der ging nun zum Tisch und nahm den ersten Stuhl in die Hand. „Schon wieder ein Stuhl? Das hat dir wohl gefallen?" Das war halb Frage, halb Feststellung von seiner Freundin. „Komm bitte her", war seine Antwort.

Gleichzeitig schob er den Stuhl an die Seite. Sie folgte seiner Bitte und ging zu ihm. Bevor Alessya die nächste Frage stellen konnte, fasste er sie an den Hüften, hob sie hoch und setzte seine Freundin auf den Tisch.

Die saß dort sprachlos mit offenem Mund auf der Tischkante. „Mach den Mund zu", meinte Wilhelm lächelnd. „Sonst komme ich auf dumme Gedanken und schiebe dir wieder etwas da rein!"

Alessya war schockiert, aber in positiven Sinn. Auf dem Küchentisch hatte sie es noch nie gemacht und das ausgerechnet ihr neuer Freund auf diesen Gedanken kam, war fantastisch!

Er forderte sie auf, sich hinzulegen, was sie auch tat, immer in gespannter Erwartung, was ihr Freund mit ihr vor hatte. Nachdem sie sich lang ausgestreckt hatte, nahm er ihre Beine hoch und legte sie über seine Schultern.

Nun lag seine Freundin vor ihm und ihr Liebesdelta lag frei und offen vor ihm. Wilhelm trat so dicht wie möglich an den Tisch, nahm seinen Steifen in die Hand und ließ ihn durch ihre Spalte und über den Kitzler gleiten! Alessya war elektrisiert und kam ruckartig mit dem Kopf hoch, um wenigstens etwas von dem zu sehen, was ihr Freund da unten zwischen ihren Beinen machte.

Auf einmal hörte er mit dem Streicheln auf und fuhr ohne Vorwarnung mit einem einzigen Stoß ganz in ihren Liebestunnel. Seine Freundin stieß einen Schrei aus, nicht vor Schmerzen, sondern vor Erregung und Lust!

Er stieß seinen Lustkolben nur einige Male in ihren Tunnel und zog ihn dann wieder heraus. „Was machst du da? Warum lässt du ihn nicht in mir? Du...Was? Oh jaaa!" Das letzte „Oh jaaa" kam sehr laut und voller Begeisterung.

Wilhelm ließ nämlich statt seines Lustkolbens seine Zunge in ihrer Spalte hoch und runter gleiten. Er saugte zärtlich an ihrer übergroßen Lustperle und seine Freundin bewegte sich immer heftiger. Manchmal hatte er Angst, dass sie sich nicht mehr auf den Tisch würde halten können.

Als er ihr dann auch noch zwei Finger in die Höhle schob kam sie praktisch sofort. Alessya presste seinen Kopf so fest auf ihren Honigtopf, dass er kaum noch Luft bekam. Die Lustwellen tobten durch ihren Körper und schienen in dem Mund ihres Freundes zu landen.

Es dauerte eine ganze Weile, bis ihr Orgasmus abflaute. Dann schob sie Wilhelm weg und stellte sich vor ihm. Sie legte ihre Arme um seinen Hals und küsste ihn. Dabei konnte sie ihre eigenen Säfte schmecken.

„Ich brauche jetzt etwas Süßes", sagte sie vollkommen überraschend zu ihrem Freund. Der traute seinen Ohren nicht! Etwas Süßes? Jetzt? „Magst du Schokolade?" ohne eine Antwort abzuwarten ging sie zum Schrank, nahm eine Tafel Schokolade heraus, brach ein Stück ab und ging wieder zu Wilhelm.

„Du hast meine Frage noch nicht beantwortet", wandte sie sich wieder ihrem Freund zu. Der antwortete immer noch konsterniert: „ Ja, natürlich."

Alessya legte sich wieder auf den Tisch und schob sich das Stückchen Schokolade in den Eingang ihrer Höhle! „Dann komm und hol die deine Schokolade!" lockte sie Wilhelm.

Der stand immer noch sprachlos vor ihr. Sowas hatte er noch nie gesehen. Seine Freundin war eben jederzeit für eine Überraschung gut!

Die beiden nahmen wieder die gleichen Positionen ein wie vorher. Wilhelm warf noch einen faszinierten Blick auf den Eingang zu ihrer Lustgrotte. Dort war noch ein kleines Stück von der Schokolade zu sehen und es begann zu schmelzen! Die flüssige Schokolade lief aus ihr heraus!

Jetzt beeilte er sich seine Zunge auf den Weg in ihre Höhle zu schicken. Er brauchte lange, bis keine Schokolade mehr kam, aber das war genau das, was seine Freundin bezweckt hatte. Sie war nämlich schon wieder kurz vor ihrem nächsten Orgasmus!

Ihr Freund spürte, dass sie fast soweit war und hörte auf, sie zu verwöhnen. „Das ist gemein", jammerte sie. Doch auch Wilhelm war so erregt, er wollte einfach nur noch seinen Steifen in ihr versenken.

Das tat er dann auch, was von Alessya mit einem kurzen und lauten „Ja" begrüßt wurde. Er begann sich in ihr zu bewegen, mal langsam, mal schnell. Dann änderte er seine Taktik – wie er hoffte, zu beider Vergnügen.

Wilhelm zog seinen Steifen soweit heraus, dass dessen Spitze gerade noch den Eingang ihres Liebestunnels berührte. Dann bahnte sich sein Glied mit aller Kraft wieder einen Weg hinein ins lustvolle Glück.

Als er dann mit einer Hand auch noch ihre Perle streichelte, die er ja in dieser Position gut sehen und erreichen konnte, breiteten sich explosionsartig die Lustwellen ihren Weg durch Alessyas Körper und sammelten sich in ihrem Unterleib.

Sie hatte sich die ganze Zeit mit ihren Händen an den Tischkanten festgehalten, aber jetzt ließ sie los und trommelte mit den Fäusten auf den Tisch, um sich irgendwie Luft zu verschaffen.

Wilhelm hielt es auch nicht mehr aus. Der Liebestunnel von seiner Freundin zog sich zusammen und entspannte sich, zog sich wieder zusammen und entspannte sich. Das war auch für ihn zu viel und er versprühte sein Sperma bis in den letzten Winkel ihres Tunnels.

Der Abend war noch nicht vorbei und Alessya bedankte sich, indem sie sich nur auf ihn konzentrierte und zum vierten Mal kommen ließ – zum ersten Mal in ihren Mund!

Wilhelm fuhr spät nach Hause, immer noch unter dem Eindruck der „Nachwehen" stehend, den dieser letzte Höhepunkt bei ihm hinterlassen hatte. Er sah seine Freundin noch vor sich, wie sie, bis dahin vor ihm kniend, sich aufrichtete und in ihrer nackten Schönheit auf ihn zu kam, um ihn zu küssen!

Als er nach Hause kam, fand er seine Mutter schlafend im Fernsehsessel vor. Er hütete sich, sie aufzuwecken und schlich sich in sein Zimmer. Das Einzige was er noch tat, er nahm das Heft seines Vaters und versteckte es zwischen seinen Büchern. Wilhelm wollte es nicht wegschmeißen, aber lesen wollte er auch nicht mehr darin.

Es vergingen zwei Monate, die zu den glücklichsten in seinem Leben wurden. Alessya und er waren fast unzertrennlich. Sie kaufte sogar heimlich ein Handy und schenkte es ihm, damit jeder für den anderen erreichbar war.

Die beiden waren jung und nahmen sich das Recht heraus ihre Liebe auszuleben, wann und wo sie wollten. Sie hatten Sex im Auto, in der freien Natur und in der Besenkammer des Fitnessstudios. Die Zwei schauten sich Pornos an und probierten alles aus was sie sahen. Sie hörten am Telefon zu, wenn der andere sich selbst befriedigte.

Heike sagte eines Tages zu ihnen: „Ihr seht so glücklich und verliebt aus, das ist doch nicht mehr normal!" Das klang neidisch und Heike war es auch! Die drei trafen sich oft, hatten aber nie wieder Sex zu dritt.

Während der ganzen Zeit versuchten sie ihre Beziehung vor Wilhelms Mutter zu verbergen, was ihnen auch gelang. Irgendwann erzählte Wilhelm von dem Heft seines Vaters und Alessya wollte unbedingt darin lesen.

Spät abends, bei sich zu Hause, nahm er das Heft und legte sich damit auf sein Bett. Er blätterte die Seiten durch, um zu sehen, wie viel Geschichten es noch zu lesen gab. Dabei fiel ihm etwas auf, das er bis jetzt nicht gesehen hatte.

Nach der letzten Geschichte gab es sechs leere Seiten und dann noch einen kurzen Eintrag. Neugierig geworden laß Wilhelm diese Zeilen zuerst. Nachdem er mit lesen fertig war, saß der junge Mann im Bett, schockiert und zu keiner Bewegung fähig. Sein Gesicht war so weiß, als wäre ihm gerade ein Gespenst begegnet!

In seinem Kopf hämmerte und dröhnte es. Wie lange er so gesessen hatte, wusste er nicht, aber irgendwann zwang er sich, die Zeilen noch einmal zu lesen. Danach kamen ihm die Tränen! Wilhelm warf das Heft an die Wand und weinte wie noch nie in seinem Leben! Er fand die ganze Nacht keinen Schlaf. Am nächsten Morgen brachte er beim Frühstück nichts herunter.

Seiner Mutter gegenüber rechtfertigte er sich mit einer kleinen Magenverstimmung. Es war Donnerstag und viel zu tun im Studio, aber das lenkte ihn auch nicht ab und er verrichtete seine Arbeit wie ein Automat.

Alessya kam am Nachmittag ins Studio. Doch als sie ihren Freund sah, verging ihr der Spaß am Sport. Kein Lächeln, kein heimlicher Kuss, kein Wort. Sie spürte sofort, dass etwas Schlimmes passiert sein musste, denn in seinen Augen sah sie Tränen.

Alessya setzte sich in die Ecke auf einen Stuhl und wartete dort, bis Wilhelm Feierabend hatte. Während der ganzen Zeit wechselten die beiden kein Wort. Nach seiner Arbeit fuhren sie, jeder im eigenen Wagen, zu ihrer Wohnung.

Sie hatte es eilig hinein zu kommen und erwartete ihren Freund im Wohnzimmer. Als er eintrat, ging sie auf ihn zu und umarmte ihn. „Bitte sag mir was geschehen ist. Egal was es ist, ich bin an deiner Seite und stehe zu dir!"

Wilhelm holte das Heft aus seiner linken Gesäßtasche und hielt es ihr ohne Worte hin. Die Seite war schon aufgeschlagen und seine Freundin begann zu lesen. Sie wurde weiß wie eine Wand und begann zu zittern.

Sie laß noch einmal – und wurde ohnmächtig. Ihr Freund konnte sie gerade noch auffangen, bevor sie zu Boden stürzte. Wilhelm trug Alessya zum Sofa und legte sie vorsichtig hin. Er tätschelte ihre Wangen und sagte immer wieder: „Alessya, wach auf! Alessya, wach auf!"

Nach einer Zeit, die ihm endlos erschien, schlug sie die Augen auf. „Bitte Liebster, sag mir, dass alles nur ein böser Traum war! Bitte!" flüsterte sie mit verzweifelter Stimme. Wilhelm hatte einen Kloß im Hals und antwortete mit einer völlig fremden Stimme: „Es ist ein Traum, aber ein Alptraum, der unser Leben zerstört!"

Was stand in dem Heft, dass nun mitten im Wohnzimmer auf dem Boden lag? Wilhelms Vater hatte geschrieben:

In all den Jahren, hatte ich nur mit einer Frau eine tiefe und längere Beziehung. Es war Regine Wolters. Aus dieser Beziehung ging ein Kind hervor, ein süßes Mädchen. Regine gab ihr den seltenen und sehr schönen Namen Alessya.

Ein Jahr nach der Geburt des Kindes lernte sie Arthur McGray kennen. Die beiden heirateten und er adoptierte das Mädchen, dass fortan seinen Namen trug: Alessya McGray. Ich hatte nie Kontakt zu ihr."

Alessyas Eltern, Arthur und Regine, starben vor 18 Monaten bei einem Autounfall. Seitdem war sie alleine, bis sie Wilhelm kennen und lieben lernte.

Doch das war jetzt alles egal, denn eines war den beiden nun klar: **Sie waren Bruder und Schwester!** Sie liebten sich, sie hatten Sex, sie hatten ihre Zukunft schon geplant. Alles war zerstört!

Wilhelm blieb die ganze Nacht bei seiner Freundin. Er rief zu Hause an und sagte seiner Mutter: „Ich komme heute nicht nach Hause und fahre Morgen direkt zur Arbeit." Bevor Mama Roswitha antworten konnte, legte er auf.

Sie schliefen nicht miteinander, sondern lagen nur da, versuchten so gut es ging sich gegenseitig zu trösten und machten kaum ein Auge zu. Die beiden konnten nicht fassen was geschehen war und jeder hing seinen Gedanken nach.

Beide wussten nicht, wie es jetzt für sie weitergehen sollte. Konnte es überhaupt irgendwie weitergehen? Keiner wollte mit dem anderen nur wie Schwester und Bruder zusammen sein. Darin waren sich beide sofort einig, denn dafür liebten sie sich zu sehr!

Keiner von ihnen wusste, wo sie am nächsten Tag die Kraft hernahmen, ganz normal arbeiten zu gehen. Am Abend wollten sie dann eine Lösung finden.

Nach der Arbeit fuhr Wilhelm erst nach Hause um sich frisch anzuziehen. Als er eintrat, ging er direkt auf Mama Roswitha zu und sagte: „Mama, ich habe eine Frau kennengelernt, zu der ich gleich wieder fahre. Es wird spät bis ich nach Hause komme. Morgen nach der Arbeit fahre ich auch zu ihr und bin erst Sonntag wieder hier."

Seine Mutter holte tief Luft und wollte zu einer Strafpredigt ansetzen, da meinte ihr Sohn mit erhobener Stimme zu ihr: „Mama, ich möchte jetzt nichts hören! Ich bin erwachsen und wir reden Sonntag!" Seine Mutter war so schockiert von dem energischen Ton ihres Sohnes, das sie kein Wort heraus brachte und auch nichts sagte als er zehn Minuten später wieder vom Hof fuhr.

Als Wilhelm bei Alessya ankam, wartete diese schon auf ihn in der Haustür. Sie küssten sich und gingen hinein. Die beiden sahen sich lange an und die junge Frau sagte dann zu ihm: „Du hast die Lösung gefunden, nicht wahr? Ich auch.

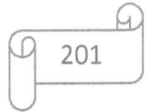

Und ich spüre das du das Gleiche willst wie ich!" Ihr Freund nickte zu diesen Worten. Sie waren eben eine Einheit und verstanden sich ohne viele Worte. Das einzige was die beiden an diesem Abend noch machten: Sie verbrannten das Heft seines Vaters im Garten. Niemand sollte es je wieder in den Händen halten!

Der Abend verging schnell und die Zwei sprachen über das, was sie vorhatten. Außer einiger harmloser Zärtlichkeiten lief wieder nichts zwischen den beiden. Wilhelm fuhr nach Hause, aber da es spät geworden war, lag seine Mutter schon im Bett, was ihm auch ganz recht war.

Am nächsten Morgen fuhr er wie immer zur Arbeit, genau wie seine Freundin. Da er länger arbeiten musste, als diese, wartete Alessya schon in ihrer Wohnung auf ihn. Sie hatte die Zeit genutzt und für sie beide eine tolle Mahlzeit zubereitet.

Hinterher saßen sie zusammen und sprachen über die vergangenen Wochen, die für beide zu den Glücklichsten und Schönsten ihres Lebens geworden waren. Sie weigerten sich ihr Schicksal anzuerkennen und anzunehmen und schliefen das erste Mal seit drei Tagen wieder zusammen.

Sei es, weil sich so viel Lust aufgestaut hatte, oder weil sie dem Schicksal zeigen wollten: mit uns nicht – der Abend wurde der wildeste und leidenschaftlichste, den sie jemals zusammen verbracht hatten!

Als wirklich nichts mehr ging und die beiden sich total verausgabt hatten, gingen sie gemeinsam duschen, zogen sich an und machten sich auf den Weg ins Schlafzimmer. Das hatten sie an diesem Abend nicht benutzt.

Alessya hatte alles schon soweit vorbereitet. Auf jeder Seite des Bettes stand eine Flasche Wasser und auf jedem Kopfkissen lagen abgezählte dreißig Tabletten! Da Alessya in einer Apotheke arbeitete, war es für sie kein Problem gewesen einen tödlichen Cocktail zusammen zu stellen. Das war ihre gemeinsame Lösung: sie wollten zusammen auf die Reise gehen, von der es keine Wiederkehr gab!

Sie setzten sich im Schneidersitz auf das Bett und sahen einander an, als sie die Tabletten nahmen. Danach legten sich die beiden hin, fassten sich an die Hände und drehten ihre Köpfe so, dass sie sich ansehen konnten.

In diesen Blicken lag die ganze Liebe, lagen alle Gefühle, die sie füreinander empfanden.

Für Wilhelm war es besonders wichtig, seinen Blick noch einmal in die Schönsten Augen der Welt zu versenken.

Bei Alessya zeigten die Tabletten am schnellsten ihre Wirkung. Als sie spürte, dass die ewige Dunkelheit nach ihr griff, sagte sie mit letzter Kraft und aller Liebe zu der sie noch fähig war: „Ich liebe dich!" Mit diesen Worten trat sie die große Reise an und hörte Wilhelms Antwort wohl nicht mehr: „Ich dich auch und wir sehen uns gleich wieder!" Eine Minute nach seiner Alessya folgte er ihr auf die Reise.

Die Liebe zwischen Frau und Mann war groß
Die Sehnsucht ließ sie nicht mehr los
Sie konnten es nicht fassen, dieses große Glück
Doch es verließ sie, Stück für Stück

Ihre Liebe lief aus dem Ruder
Sie erfuhren, sie waren Schwester und Bruder
Einen Ausweg den wussten sie nicht
Suchten das Dunkle, scheuten das Licht

Ihre Liebe war unendlich
Doch ihr Leben, ihr Leben das war endlich
Sie nahmen Tabletten für die letzte Reise
Beendeten ihr Leben auf tragische Weise

Ihre Liebe war jetzt für die Ewigkeit
Nichts spielte eine Rolle, weder Raum noch Zeit
Sahen schon bald das ewige Land
Betraten es Hand in Hand

Herstellung und Verlag:
BoD - Books on Demand, Norderstedt
ISBN 978-3-7431-8835-8